读徐志摩

生命在秋风落叶里飘摇

徐志摩／人生感悟

徐志摩／著

天津出版传媒集团

天津人民出版社

图书在版编目（ＣＩＰ）数据

生命在秋风落叶里飘摇：徐志摩人生感悟 / 徐志摩著.
— 天津：天津人民出版社，2013.4
　（再读徐志摩）
　ISBN 978-7-201-08033-8

　Ⅰ . ①生… Ⅱ . ①徐… Ⅲ . ①散文集–中国–现代
Ⅳ . ①I266

中国版本图书馆 CIP 数据核字(2013)第 050870 号

天津人民出版社出版

出版人：黄　沛

（天津市西康路 35 号　邮政编码：300051）

邮购部电话：（022）23332469

网址：http://www.tjrmcbs.com.cn

电子信箱：tjrmcbs@126.com

高教社(天津)印务有限公司印刷　　新华书店经销

2013 年 4 月第 1 版　2013 年 4 月第 1 次印刷
700×960 毫米　16 开本　10 印张　2 插页
字数：200 千字
定　价：29.00 元

怀着理想云游

(代 序)

你相信命运吗?生活中,我们会遭遇许多带着宿命色彩的事情,常常让我们心中生出无限的迷惘。回望八十年前,看看徐志摩,我们也同样看到了好些奇异的巧合——有人总是说,那就是命定。

1931 年夏,杨振声去北平,一次与徐志摩闲聊,说到北平与上海之间的旅行,杨振声说坐火车更好,徐志摩却说乘飞机更快。因杨振声在青岛供职,徐志摩开玩笑说:"飞机过济南,我在天空望你们。等着,看我向你们招手吧!"

同年 11 月上旬,徐志摩见许地山时,许地山问他回上海后,什么时候再回北平,他悠然地开玩笑说:"那倒说不上,也许永不再回了。"

11 月 10 日晚,徐志摩去拜访林徽音未遇,留下纸条说:"定明早六时起飞,此去存亡不卜……"惊了林徽音一跳,赶紧联系他,他却笑着说没事,"很稳当的,我还要留着生命看更伟大的事迹呢"。

而正是在 11 月 19 日,徐志摩所乘飞机在济南上空失事。一代诗魂,自此永远消失在茫茫长空。

徐志摩喜欢雪莱的诗,甚至曾经很羡慕雪莱的归宿,以致他自己也说出了像谶语一般的话来。陆小曼《遗文编就答君心》一文中说:"他平生最崇拜英国的雪莱，尤其奇怪的是他一天到晚羡慕他覆舟的死况。他说：'我希望我将来能得到他那样刹那的解脱，让后世人谈起就寄与无限的同情与悲悯。'"而他最终竟然真的就在天上得到"刹那的解脱"。他去了哪儿？他仙逝的那年，还写了《云游》诗，诗中的"那天你翩翩地在空际云游"，"你的愉快是无拦阻的逍遥"，或可看作类似《庄子·逍遥游》中万物合一、回归自然的心境的抒发吧。就好像他知道自己终将"云游"天际一般，他提前写下了这样的"谶诗"。

对此，林徽音有悲恸的慨叹：

"我们中间没有绝对信命运之说的，但是对着这不测的人生，谁不感到惊异，对着那许多事实的痕迹又如何不感到人力的脆弱，智慧的有限。世事尽有定数？世事尽是偶然？对这永远的疑问我们什么时候能有完全的把握？"

然而，徐志摩大约没想过有没有宿命的人生。他素来怀着对未来生活的向望，对人生的美好期望，对人对己，都是尽力从积极的方向去思考人生的意义。即使面对死，他也会说，"我们不能轻易的断定那一边没有阳光与人情的温慰"。

他对人谈思想，谈追求，曾是一派朝气蓬勃的样儿。"天时与人生都少不了相替的阴晴与寒燠"，"我们应得寻求幸福，我们却不应躲避苦恼，只有这里面我们有机会证明人的灵魂的高贵与伟大"。即使没有能力解决人生问题，也要弄清楚阻拦我们的障碍究竟是什么。他说的这样一段话，多么具有高度："我们先得要立志不做时代和时光的奴隶，我们要做我们思想和生命的主人，这暂的沉闷决不能压倒我们的理想，我们正应得感谢这深刻的沉闷，因为在这里，我们才感悟着一些自度的消息。"

他把理想比作在海边沙滩上种花，它需要人的精诚、毅力，即使如同一个小傻瓜，"花也许会消灭，但这种花的精神是不烂的"。

然而，理想是一回事，现实又是一回事。人生道路上总难免有这样那样的困境。即使像"《闲话》引出来的闲话"那样的无谓事件，也足以让人心烦意乱，感叹人心不古。一些文人间的意气之争，不涉"为正谊为公道奋斗"，让卷在其中的人——尤其夹在中间的徐志摩尝到了两头受气的滋味。

那人事的纠葛，还只是一时的不快。事情还不至于大到影响一个人的人生；而山河的黑暗，社会的动荡，人世的惨淡，则更容易让人感到人生的沉闷和压抑。世道纷纭，在那样一个时代，会形成一种普遍的生也苦、死也痛的迷茫观念。

徐志摩曾一再"自剖"，找寻自己心境变得郁闷的原因。国家大势，当然影响个人的心绪。除此以外，对徐志摩来说，还有一点很令他不安：他发现原来自己曾有一种虚幻的希望，"自以为确有相当创作的天赋以及独立思想的能力"。及至发现自己思想枯竭、创作无功、事业无成，顿时生出了一种强烈的幻灭感。好在他对自己有了一个清醒的认识，做一个轻松的、平和的人，过着自己平凡的生活，不要用那些大而无当的高远虚幻的想法压迫得自己喘不过气来。这，也就算是他对人生道路的一次深刻的自省与调整吧。

人生，总是喜怒哀乐并存，有甜蜜就必有痛苦，有快乐就必有悲伤。生命的尽头是死亡，许多自己亲近的、敬重的人逝去了，也会让人在不尽的哀思中，生出无穷的感悟。死亡固然可怕，然而换一个角度来看，活着何尝不是受罪，死亡又何尝不是一种解脱？徐志摩说："这人生有时比绝海更凶险，比大漠更荒凉"；"我不定觉得生是可欲，死是可

3

悲";"人生亦不见得一路有阳光的照亮"。徐志摩对于他人之死,是这样的态度;而我们对于他本人之死,也同样可以用逍遥于浊世之外来看待。就像林徽音说的,"死本来也不过是一个新的旅程,我们没有到过的,不免过分地怀疑,死不定就比这生苦"。

生死是次要的,重要的是,生命旅途是否有一种崇高的理想追求,思想是否获得了自由和解放。

还是再倾听一下徐志摩心灵中的呼声吧:"是人没有不想飞的。老是在这地面上爬着够多厌烦,不说别的,飞出这圈子,飞出这圈子!"

还是再重温一下徐志摩关于理想的感悟吧:"至少我们的胸中,在现在生命的出发时期,总应该培养一点寻求真理的诚心,点起一盏寻真求理的明灯,不至于在生命的道上只是暗中摸索,不至于盲目的走到了生命的尽头,什么发见都没有。"

他对于人生的思索,已长留在了人间;他自身的人生轨迹,也长留在了世人的心间。

目　录

徐志摩人生感悟

1

北戴河海滨的幻想

他们都到海边去了。我为左眼发炎不曾去。我独坐在前廊,偎坐在一张安适的大椅内,袒着胸怀,赤着脚,一头的散发,不时有风来撩拂。清晨的晴爽,不曾消醒我初起时的睡态;但梦思却半被晓风吹断。我阖紧眼帘内视,只见一斑斑消残的颜色,一似晚霞的余赭,留恋地胶附在天边。廊前的马樱,紫荆,藤萝,青翠的叶与鲜红的花,都将他们的妙影映印在水汀上,幻出幽媚的情态无数;我的臂上与胸前,亦满缀了绿荫的斜纹。从树荫的间隙平望,正见海湾:海波亦似被晨曦唤醒,黄蓝相间的波光,在欣然的舞蹈。滩边不时见白涛涌起,迸射着雪样的水花。浴线内点点的小舟与浴客,水禽似的浮着;幼童的欢叫,与水波拍岸声,与潜涛呜咽声,相间的起伏,竞报一滩的生趣与乐意。但我独坐的廊前,却只是静静的,静静的无甚声响。妩媚的马樱,只是幽幽的微辗着,蝇虫也敛翅不飞。只有远近树里的秋蝉在纺纱似的缒引他们不尽的长吟。

在这不尽的长吟中,我独坐在冥想。难得是寂寞的环境,难得是静定的意境:寂寞中有不可言传的和谐,静默中有无限的创造。我的心灵,比如海滨,生平初度的怒潮,已经渐次的清晚,只剩有疏松的海砂中偶尔的回响,更有残缺的贝壳,反映星月的辉芒。此时摸索潮余的斑痕,追想当时汹涌的情景,是梦或是真,再亦不须辨问,只此眉稍的轻绉,唇边的微哂,已足解释无穷奥绪,深深的蕴伏在灵魂的微纤之中。

青年永远趋向反叛,爱好冒险;永远如初度航海者,幻想黄金机缘于浩森的烟波之外:想割断系岸的缆绳,扯起风帆,欣欣的投入无垠的怀抱。他厌恶的是平安,自喜的是放纵与豪迈。无颜色的生涯,是他目中的荆棘;绝海与凶巇,是他爱取由的途径。他爱折玫瑰:为她的色香,亦为她冷酷的刺毒。他爱搏狂澜:为他的庄严与伟大,亦为他吞噬一切的天才,最是激发他探险与好奇的动机。他崇拜冲动:不可测,不可节,不可预逆,起,动,消歇皆在无形中,狂风似的倏忽与猛烈与神秘。他崇拜斗争:从斗争中求剧烈的生命之意义,从斗争中求绝对的实在,在血染的战阵中,呼嗷胜利之狂欢或歌败丧的哀曲。

幻象消灭是人生里命定的悲剧;青年的幻灭,更是悲剧中的悲剧,夜一般的沉黑,死一般的凶恶。纯粹的,猖狂的热情之火,不同阿拉亭的神灯,只能放射一时的异彩,不能永久的朗照;转瞬间,或许,便已敛熄了最后的焰舌,只留存有限的余烬与残灰,在未灭的余温里自伤与自慰。

流水之光,星之光,露珠之光,电之光,在青年的妙目中闪耀,我们不能不惊讶造化者艺术之神奇;然可怖的黑影,倦与衰与饱餍的黑影,同时亦紧紧的跟着时日进行,仿佛是烦恼,痛苦,失败,或庸俗的尾曳,亦在转瞬间,彗星似的扫灭了我们最自傲的神辉——流水涸,明星没,露珠散灭,电闪不再!

在这艳丽的日辉中,只见愉悦与欢舞与生趣,希望,闪烁的希望,在荡漾,在无穷的碧空中,在绿叶的光泽里,在虫鸟的歌吟中,在青草的摇曳中——夏之荣华,春之成功。春光与希望,是长驻的;自然与人生,是调谐的。

在远处有福的山谷内,莲馨花在坡前微笑,稚羊在乱石间跳跃,牧童们,有的吹着芦笛,有的平卧在草地上,仰看变幻的浮游的白云,放射下的青影在初黄的稻田中缥渺地移过。在远处安乐的村中,有妙龄的村姑,在流涧边照映她自制的春裙;口衔烟斗的农夫三四,在预度秋收的丰盈;老妇人们坐在家门外阳光中取暖,她们的周围有不少的儿童,手擎着黄白的钱花在环舞与欢呼。

在远——远处的人间,有无限的平安与快乐,无限的春光……

在此暂时可以忘却无数的落蕊与残红;亦可以忘却花荫中掉下的枯叶,私语地预告三秋的情意;亦可以忘却苦恼的僵瘪的人间,阳光与雨露的殷勤,不能再恢复他们腮颊上生命的微笑;亦可以忘却纷争的互杀的人间,阳光与雨露的仁慈,不能感化他们凶恶的兽性;亦可以忘却庸俗的卑琐的人间,行云与朝露的丰姿,不能引逗他们刹那间的凝视;亦可以忘却自觉的失望的人间,绚烂的春时与媚草,只能反激他们悲伤的意绪。

我亦可以暂时忘却我自身的种种;忘却我童年期清风白水似的天真;忘却我少年期种种虚荣的希冀;忘却我渐次的生命的觉悟;忘却我热烈的理想的寻求;忘却我心灵中乐观与悲观的斗争;忘却我攀登文艺高峰的艰辛;忘却刹那的启示与澈悟之神奇;忘却我生命潮流之骤转;忘却我陷落在危险的旋涡中之幸与不幸;忘却我追忆不完全的梦境;忘却我大海底里埋着的秘密;忘却曾经剖割我灵魂的利刃,炮烙我灵魂的烈焰,摧毁我灵魂的狂飙与暴雨;忘却我的深刻的怨与艾;忘却我的冀与愿;忘却我的恩泽与惠感;忘却我的过去与现在……

过去的实在,渐渐的膨涨,渐渐的模糊,渐渐的不可辨认;现在的实在,渐渐的收缩,逼成了意识的一线,细极狭极的一线,又裂成了无数不相联续的黑点……黑点亦渐次的隐翳?幻术似的灭了,灭了,一个可怕的黑暗的空虚……

载北京《晨报·文学旬刊》1924 年 6 月 21 日

落　叶

前天你们查先生来电话要我讲演，我说但是我没有什么话讲，并且我又是最不耐烦讲演的。他说：你来罢，随你讲，随你自由的讲，你爱说什么就说什么。我们这里你知道这次开学情形很困难，我们学生的生活很枯燥很闷，我们要你来给我们一点活命的水。这话打动了我。枯燥，闷，这我懂得。虽则我与你们诸君是不相熟的，但这一件事实，你们感觉生活枯闷的事实，却立即在我与诸君无形的关系间，发生了一种真的深切的同情。我知道烦闷是怎么样一个不成形不讲情理的怪物，他来的时候，我们的全身仿佛被一个大蛛蜘网盖住了，好容易挣出了这条手臂，那条又叫黏住了。那是一个可怕的网子。我也认识生活枯燥，他那可厌的面目，我想你们也都很认识他。他是无所不在的，他附在个个人的身上，他现在个个人的脸上。你望望你的朋友去，他们的脸上有他，你自己照镜子去，你的脸上，我想，也有他。可怕的枯燥，好比是一种毒剂，他一进了我们的血液，我们的性情，我们的皮肤就变了颜色，而且我怕是离着生命远，离着坟墓近的颜色。

我是一个信仰感情的人，也许我自己天生就是一个感情性的人。比如前几天西风到了，那天早上我醒的时候是冻着才醒过来的，我看

徐志摩人生感悟

着纸窗上的颜色比往常的淡了，我被窝里的肢体像是浸在冷水里似的，我也听见窗外的风声，吹着一颗枣树上的枯叶，一阵一阵的掉下来，在地上卷着，沙沙的发响，有的飞出了外院去，有的留在墙角边转着，那声响真像是叹气。我因此就想起这西风，冷醒了我的梦，吹散了树上的叶子，他那成绩在一般饥荒贫苦的社会里一定格外的可惨。那天我出门的时候，果然见街上的情景比往常不同了，穷苦的老头小孩全躲在街角上发抖，他们迟早免不了树上枯叶子的命运。那一天我就觉得特别的闷，差不多发愁了。

因此我听着查先生说你们生活怎样的烦闷，怎样的干枯，我就狠懂得，我就愿意来对你们说一番话。我的思想——如其我有思想——永远不是成系统的。我没有那样的天才。我的心灵的活动是冲动性的，简直可以说痉挛性的。思想不来的时候，我不能要他来，他来的时候，就比如穿上一件湿衣，难受极了，只能想法子把他脱下。我有一个比喻，我方才说起秋风里的枯叶；我可以把我的思想比作树上的叶子，时期没有到，他们是不很会掉下来的；但是到时期了，再要有风的力量，他们就只能一片一片的往下落；大多数也许是已经没有生命了的，枯了的，焦了的，但其中也许有几张还留着一点秋天的颜色，比如枫叶就是红的，海棠叶就是五彩的。这叶子实用是绝对没有的；但有人，比如我自己，就有爱落叶的癖好。他们初下来时颜色有狠鲜艳的，但时候久了，颜色也变，除非你保存得好。所以我的话，那就是我的思想，也是与落叶一样的无用，至多有时有几痕生命的颜色就是了。你们不爱的尽可以随意的踩过，绝对不必理会；但也许有少数人有缘分的，不责备他们的无用，竟许会把他们检起来揣在怀里，夹在书里，想延留他们幽澹的颜色。感情，真的感情，是难得的，是名贵的，是应当共有的；我们不应得拒绝感情，或是压迫感情，那是犯罪的行为，与压住泉眼不让上冲，或是掐住小孩不让喘气一样的犯罪。人在社会里本来是不相连续的个体。感情，先天的与后天的，是一种线索，一种经纬，把原来分散的个体织成有文章的整体。但有时线索也有破烂与涣散的时候，所以一个社会里必须有新的线索继续的产出，有破烂的地方去补，有涣散的地方去拉紧，才可以维持这组织大体的匀整。有时生产力特别加增时，我们就有机会或是推广，或是加添我们现有的面积，或是加密，像网球板穿双线似的。我们现成的组织，因为我们知道创造的势力与破坏的势力，建设与溃败的势力，上帝与撒旦的势力，是同时存在的。这两种势力是在一架天平上比着，他们很少平衡的时候，不是这头沉，就是那头沉。是的，人类的命运是在一架大天平上比着，一个巨大的黑影，那是我们集合的化身，在那里看着，他的手里满拿着分两的法码，一会往这头送，一会又往那头送，地球尽转着，太阳，月亮，星，轮流的照着，我们的运命永远是在天平上称着。

我方才说网球拍，不错，球拍是一个好比喻。你们打球的知道网拍上那里几根线是最吃重，最要紧，那几根线要是特别有劲的时候，不仅你对敌时拉球，抽球，拍球格外来的有力，出色，并且你的拍子也就格外的经用。少数特强的分子保持了全体的匀整。这一条原则应用到人道上，就是说，假如我们有力量加密，加强我们最普通的同情线，那线如其穿连得到所有跳动的人心时，那时我们的大网子就坚实耐用，天津人说的，就有根。不问天时怎样的坏，管他雨也罢，云也罢，霜也罢，风也罢；管他水流怎样的急，我们假如有这样一个强有力的大网子，那怕不能在时间无尽的洪流里——早晚网起无价的珍品，那怕不能在我们运命的天平上重重的加下创造的生命的分量？

7

所以我说真的感情，真的人情，是难能可贵的，那是社会组织的基本成分。初起也许只是一个人心灵里偶然的震动，但这震动，不论怎样的微弱，就产生了及远的波纹；这波纹要是唤得起同情的反应时，原来细的便并成了粗的，原来弱的便合成了强的，原来脆性的便结成了韧性的，像一缕缕的苎麻打成了粗绳似的；原来只是微波，现在掀成了大浪，原来只是山罅里的一股细水，现在流成了滚滚的大河，向着无边的海洋里流着。比如耶稣在山头上的训道(Sormon on the Mount)，还不是有限的几句话，但这一篇短短的演说，却制定了人类想望的止境，建设了绝对的价值的标准，创造了一个纯粹的完全的宗教。那是一件大事实，人类历史上一件最伟大的事实。再比如释迦牟尼感悟了生老病死的究竟，发大慈悲心，发大勇猛心，发大无畏心，抛弃了他人间的地位，富与贵，家庭与妻子，直到深山里去修道，结果他也替苦闷的人间打开了一条解放的大道，为东方民族的天才下一个最光华的定义。那又是人类历史上的一件奇迹。但这样大事的起原还不止是一个人的心灵里偶然的震动，可不仅仅是一滴最透明的真挚的感情滴落在黑沉沉的宇宙间？

感情是力量，不是知识。人的心是力量的府库，不是他的逻辑。有真感情的表现，不论是诗是文是音乐是雕刻或是画，好比是一块石子掷在平面的湖心里，你站着就看得见他引起的变化。没有生命的理论，不论他论的是什么理，只是拿石块扔在沙漠里，无非在干枯的地面上添一颗干枯的分子，也许掷下去时便听得出一些干枯的声响，但此外只是一大片死一般的沉寂了。所以感情才是成江成河的水泉，感情才是织成大网的线索。

但是我们自己的网子又是怎么样呢？现在时候到了，我们应当张大了我们的眼睛，认明白我们周围事实的真相。我们已经含糊了好久，现在再不容含糊的了。让我们来大声的宣布我们的网子是坏了的，破了的，烂了的；让我们痛快的宣告我们民族的破产，道德，政治，社会，宗教，文艺，一切都是破产了的。我们的心窝变成了蠹虫的家，我们的灵魂里住着一个可怕的大谎！那天平上沉着的一头是破坏的重量，不是创造的重量；是溃败的势力，不是建设的势力；是撒旦的魔力，不是上帝的神灵。霎时间这边路上长满了荆棘，那边道上涌起了洪水，我们头顶有骇人的声响，是雷霆还是炮火呢？我们周围有哭声与笑声，哭是我们的灵魂受污辱的悲声，笑是活着的人们疯魔了的狞笑，那比鬼哭更听的可怕，更凄惨。我们张开眼来看时，差不多更没有一块干净的土地，那一处不是叫鲜血与眼泪冲毁了的；更没有平安的所在，因为你即使忘得了外面的世界，你还是躲不了你自身的烦闷与苦痛。不要以为这样混沌的现象是原因于经济的不平等，或是政治的不安定，或是少数人的放肆的野心。这种种都是空虚的，欺人自欺的理论，说着容易，听着中听，因为我们只盼望脱卸我们自身的责任，只要不是我的分，我就有权利骂人。但这是，我着重的说，懦怯的行为；这正是我说的我们各个人灵魂里躲着的大谎！你说少数的政客，少数的军人，或是少数的富翁，是现在变乱的原因吗？我现在对你说：先生，你错了，你很大的错了，你太恭维了那少数人，你太瞧不起你自己。让我们一致的来承认，在太阳普遍的光亮底下承认，我们各个人的罪恶，各个人的不洁净，各个人的苟且与懦怯与卑鄙！我们是与最肮赃的一样的肮赃，与最丑陋的一般的丑陋，我们自身就是我们运命的原因。除非我们能起拔了我们灵魂里的大谎，我们就没有救度；我们要把祈祷的火焰把那鬼烧净了去，我们要把忏悔的眼泪把那鬼冲洗了去，我们要有勇敢来承当罪恶;有了勇敢来承当罪恶,方有胆量来决断罪恶。再没有第二条路走。如其你们可以容恕我的厚颜,我想念我自己近作的一首诗给你们听,因为那首诗,正是我今天讲的话的更集中的表现——

一、毒 药

今天不是,我唱歌的日子,我口边涎着狞恶的微笑。不是我说笑的日子,我胸怀间插着发冷光的利刃;相信我,我的思想是恶毒的,因为这世界是恶毒的,我的灵魂是黑暗的,因为太阳已经灭绝了光彩,我的声调,像是坟堆里的夜鸮,因为人间已经杀尽了一切的和谐,我的口音,像是冤鬼责问他的仇人,因为一切的恩已经让路给一切的怨。

但是相信我,真理是在我的话里,虽则我的话像是毒药,真理是永远不含糊的,虽则我的话里仿佛有两头蛇的舌,蝎子的尾尖,蜈蚣的触须;只因为我的心里充满着比毒药更强烈,比咒诅更狠毒,比火焰更猖狂,比死更深奥的不忍心与怜悯心与爱心,所以我说的话是毒性的,咒诅的,燎灼的,虚无的。

相信我,我们一切的准绳已经埋没在珊瑚土打紧的墓宫里,你们最劲冽的祭肴的香味也穿不透这严封的地层:一切的准则是死了的。

我们一切的信心像是顶烂在树枝上的风筝,我们手里擎着这道断了的鹞线:一切的信心是烂了的。

相信我,猜疑的巨大的黑影,像一块乌云似的,已经笼盖着人间一切的关系:人子不再悲哭他新死的亲娘,兄弟不再来携着他姊妹的手,朋友变成了寇仇,看家的狗回头来咬他主人的腿:是的,猜疑淹没了一切。

在路旁坐着啼哭的,在街心里站着的,在你窗前探望的。都是被奸污的处女:池潭里只见烂破的鲜艳的荷花。

在人道恶浊的洞水里流着,浮荇似的,五具残缺的尸体,他们是仁义礼智信,向着时间无尽的海澜里流去。

这海是一个不安靖的海,波涛猖獗的翻着,在每个浪头的小白帽上分明的写着人欲与兽性。

到处是奸淫的现象:贪心搂抱着正义,猜忌逼迫着同情,懦怯狎亵着勇敢,肉欲侮弄着恋爱,暴力侵陵着人道,黑暗践踏着光明。

听呀,这一片淫猥的声响;听呀,这一片残暴的声响。

虎狼在热闹的市街里,强盗在你们妻子的床上,罪恶在你们深奥的灵魂里……

二、白 旗

来,跟着我来,拿一面白旗在你们的手里——不是上面写着激动怨毒,鼓励残杀字样的白旗,也不是涂着不洁净血液的标记的白旗,也不是画着忏悔与咒语的白旗(把忏悔画在你们的心里);

你们排列着,噤声的,严肃的,像送丧的行列,不容许脸上留存一丝的颜色,一毫的笑容,严肃的,噤声的,像一队决死的兵士。

现在时辰到了, 一齐举起你们手里的白旗, 像举起你们的心一样,仰看着你们头顶的青天,不转瞬的,惶恐的,像看着你们自己的灵魂一样。

现在时辰到了,你们让你们熬着,壅着,迸裂着,滚沸着的眼泪流,直流,狂流,自由的流,痛快的流,尽性的流,像山水出峡似的流,像暴

徐志摩人生感悟

雨倾盆似的流……

现在时辰到了,你们让你们咽着,压迫着,挣扎着,汹涌着的声音嚎,直嚎,狂嚎,放肆的嚎,凶狠的嚎,像飓风在大海波涛间的嚎,像你们丧失了最亲爱的骨肉时的嚎……

现在时辰到了,你们让你们回复了的天性忏悔,让眼泪的滚油煎净了的,让悲恸的雷霆震醒了的天性忏悔,默默的忏悔,悠久的忏悔,沉澈的忏悔,像冷峭的星光照落在一个寂寞的山谷,像一个黑衣的尼僧匍伏在一座金漆的神龛前。

……

在眼泪的沸腾里,在嚎恸的酣澈里,在忏悔的沉寂里,你们望见了上帝永久的威严。

三、婴　儿

我们要盼望一个伟大的事实出现,我们要守候一个馨香的婴儿出世——

你看他那母亲在她生产的床上受罪!

她那少妇的安详,柔和,端丽,现在在剧烈的阵痛里变形成不可信的丑恶:你看她那遍体的筋络都在她薄嫩的皮肤底里暴涨着,可怕的青色与紫色,像受惊的水青蛇在田沟里急泅似的,汗珠贴在她的前额上像一颗颗的黄豆,她的四肢与身体猛烈的抽搐着,畸屈着,奋挺着,纠旋着,仿佛她垫着的席子是用针尖编成的,仿佛她的帐围是用火焰织成的。

一个安详的,镇定的,端庄的,美丽的少妇,现在在绞痛的惨酷里变形成魔鬼似的可怖；她的眼，一时紧紧的阖着，一时巨大的睁着，她那眼，原来像冬夜池潭里反映着的明星，现在吐露着青黄色的凶焰，眼珠像是烧红的炭火，映射出她灵魂最后的奋斗，她的唇，原来是朱红色的，现在像是炉底的冷灰，她的口颤着，橛着，扭着，死神的热烈的亲吻不容许她一息的平安，她的发是散披着，横在口边，漫在胸前，像揪乱的麻丝，她的手指间，还紧抓着几穗拧下来的乱发。

这母亲在她生产的床上受罪——

但是她还不曾绝望，她的生命挣扎着血与肉与骨与肢体的纤维，在危崖的边沿上，抵抗着，搏斗着，死神的逼迫；

她还不曾放手，因为她知道(她的灵魂知道！)这苦痛不是无因的，因为她知道她的胎宫里孕育着一点比她自己更伟大的生命的种子，包涵着一个比一切更永久的婴儿。

因为她知道这苦痛是婴儿要求出世的征候，是种子在泥土里爆裂成美丽的生命的消息，是她完成她自己生命的使命的机会。

因为她知道这忍耐是有结果的，在她剧痛的昏瞀中，她仿佛听着上帝准许人间祈祷的声音，她仿佛听着天使们赞美未来的光明的声音。

因此她忍耐着，抵抗着，奋斗着……她抵拼绷断她遍体的纤维，她要赎出在她胎宫里动荡着的生命，在她一个完全，美丽的婴儿出世的盼望中，最锐利，最沉酣的痛感逼成了最锐利最沉酣的快感……

这也许是无聊的希冀，但是谁不愿意活命，就使到了绝望最后的边沿，我们也还要妄想希望的手臂从黑暗里伸出来挽着我们。我们不能不想望这苦痛的现在只是准备着一个更光荣的将来，我们要盼望一

徐志摩人生感悟

个洁白的肥胖的活泼的婴儿出世!

新近有两件事实,使我得到很深的感触。让我来说给你们听听。

前几时有一天,俄国公使馆挂旗,我也去看了。加拉罕站在台上,微微的笑着,他的脸上发出一种严肃的青光,他侧仰着他头看旗上升时,我觉着了他的人格的尊严,他至少是一个有胆有略的男子,他有为主义牺牲的决心,他的脸上至少没有苟且的痕迹,同时屋顶那根旗杆上,冉冉的升上了一片的红光,背着窈远没有一斑云彩的青天。那面簇新的红旗在风前料峭的袅荡个不定。这异样的彩色与声响引起了我异样的感想。是腼腆,是骄傲,还是鄙夷,如今这红旗初次面对着我们偌大的民族?在场人也有拍掌的,但只是断续的拍掌,这就算是我想我们初次见红旗的敬意;但这又是鄙夷,骄傲,还是惭愧呢?那红色是一个伟大的象征,代表人类史里最伟大的一个时期;不仅标示俄国民族流血的成绩,却也为人类立下了一个勇敢尝试的榜样。在那旗子抖动的声响里我不仅仿佛听出了这近十年来那斯拉夫民族失败与胜利的呼声,我也想像到百数千年前法国革命时的狂热,一七八九年七月四日那天,巴黎市民攻破巴士梯亚牢狱时的疯癫。自由,平等,友爱!友爱,平等,自由! 你们听呀,在这呼声里人类理想的火焰一直从地面上直冲破天顶,历史上再没有更重要更强烈的转变的时期。卡莱尔(Carlyle)在他的法国革命史里形容这件大事有三句名句, 他说,"To describe this Seene trans ends the talent of mortals.After four hours of world Bed'am it surrenders.The Bastille is down! "他说:"要形容这一景超过了凡人的力量。过了四小时的疯狂他(那大牢)投降了。巴士梯亚是下了!"打破一个政治犯的牢狱不算是了不得的大事,但这事实里有一个象征。巴士梯亚是代表阻碍自由的势力,巴黎士民的攻击是代表全人类争自由的势力,巴士梯亚的"下"是人类理想胜利的凭证。自由,平等,友爱!友爱,平等,自由!法国人在百几十年前猖狂的叫着。这叫声还在人类的性灵里荡着。我们不好像听见吗,虽则隔着百几十年光阴的旷野。如今凶恶的巴士梯亚又在我们的面前堵着;我们如其再不发疯,他那牢门上的铁钉,一个个都快刺透我们的心胸了!

这是一件事。还有一件是我六月间伴着泰戈尔到日本时的感想。早七年我过太平洋时曾经到东京去玩过几个钟头,我记得到上野公园去,上一座小山去下望东京的市场,只见连绵的高楼大厦,一派富盛繁华的景象。这回我又到上野去了,我又登山去望东京城了,那分别可太大了!房子,不错,原是有的;但从前是几层楼的高房,还有不少有名的建筑,比如帝国剧场、帝国大学等等,这次看见的,说也可怜,只是薄皮松板暂时支着应用的鱼鳞似的屋子,白松松的像一个烂发的花头,再没有从前那样富盛与繁华的气象。十九的城子都是叫那大地震吞了去烧了去的。我们站着的地面平常看是再坚实不过的。但是等到他起兴时小小的翻一个身,或是微微的张一张口,我们脆弱的文明与脆弱的生命就够受。我们在中国的差不多是不能想着世界上,在醒着的不是梦里的世界上,竟可以有那样的大灾难。我们中国人是在灾难里讨生活的,水,旱,刀兵,盗劫,那一样没有,但是我敢说我们所有的灾难合起来也抵不上我们邻居一年前遭受的大难。那事情的可怕,我敢说是超过了人类忍受力的止境。我们国内居然有人以日本人这次大灾为可喜的,说他们活该,我真要请协和医院大夫用 X 光检查一下他们那几位,究竟他们是有没有心肝的。因为在可怕的运命的面前,我们人类的全体只是一群在山里逢着雷霆风雨时的绵羊,那里还能容什么种族政治等等的偏见与意气?我来说一点情形给你们听听,因为虽则你们在报上看过极详细的记载，不曾亲自察看过的总不免有多少距离的隔膜。我自己未到日本前与看过日本后，见解就完全的不同。你们试想假定我们今天在这里集会，我讲的，你们听的，假如日本那把戏轮着我们头上来时，要不了的搭的搭的搭的三秒钟，我与你们与讲台与屋子就永远诀别了地面，像变戏法似的，影踪都没了。那是事实，横滨有好几所五六层高的大楼，全是在三四秒时间内整个儿与地面拉一个平，全没了。你们知道圣书里面形容天降大难的时候，不要说本来脆弱的人类完全放弃了一切的虚荣，就是最猛鸷的野兽与飞禽也会在刹时间变化了性质，老虎会像小猫似的挨着你躲着，利喙的鹰鹞会得躲入鸡棚里去窝着，比鸡还要驯服。在那样非常的变动时，他们也好似觉悟了这彼此同是生物的亲属关系，在天怒的跟前同是剥夺了抵抗力的小虫子，这里面就发生了同命运的同情。你们试想就东京一地说，二三百万的人口，几十百年辛勤的成绩，突然的面对着最后审判的实在，就在今天我们回想起当时他们全城子像一个滚沸的油锅时的情景，原来热闹的市场变成了光焰万丈的火盆，在这里面人类最集中的心力与体力的成绩全变了燃料，在这里面艺术教育政治社会人的骨与肉与血都化成了灰烬，还有百十万男女老小的哭嚷声，这哭声本体就可以摇动天地，——我们不要说亲身经历，就是坐在椅子上想像这样不可信的情景时，也不免觉得害怕不是？那可不是顽儿的事情。单只描写那样的大变，恐怕至少就须要荷马或是莎士比亚的天才。你们试想在那时候，假如你们亲身经历时，你的心理该是怎么样？你还恨你的仇人吗？你还不饶恕你的朋友吗？你还沾恋你个人的私利吗？你还有欺哄人的机会吗？你还有什么希望吗？你还不搂住你身旁的生物，管他是你的妻子，你的老子，你的听差，你的妈，你的冤家，你的老妈子，你的猫，你的狗，把你灵魂里还剩下的光明一齐放射出来,和着你同难的同胞在这普遍的黑暗里来一个最后的结合吗?

但运命的手段还不是那样的简单。他要是把你的一切都扫灭了,那倒也是一个痛快的结束;他可不然。他还让你活着,他还有更苛刻的试验给你。大难过了,你还喘着气;你的家,你的财产,都变了你脚下的灰,你的爱亲与妻与儿女的骨肉还有烧不烂的在火堆里燃着,你没有了一切;但是太阳又在你的头上光亮的照着,你还是好好的在平定的地面上站着,你疑心这一定是梦,可又不是梦,因为不久你就发现与你同难的人们,他们也一样的疑心他们身受的是梦。可真不是梦,是真的。你还活着,你还喘着气,你得重新来过,根本的完全的重新来过。除非是你自愿放手,你的灵魂里再没有勇敢的分子。那才是你的真试验的时候。这考卷可不容易交了,要到那时候你才知道你自己究竟有多大能耐,值多少,有多少价值。

我们邻居日本人在灾后的实际就是这样。全完了,要来就得完全来过,尽你及身的力量不够,加上你儿子的,你孙子的,你孙子的儿子的儿子的孙子的努力也许可以重新撑起这份家私,但在这努力的经程中,谁也保不定天与地不再捣乱;你的几十年只要他的几秒钟。问题所以是你干不干?就只甘脆的一句话,你干不干,是或否?同时也许无情的运命,扭着他那丑陋可怕的脸子在你的身旁冷笑,等着你最后的回话。你干不干,他仿佛也涎着他的怪脸问着你!

我们勇敢的邻居们已经交了他们的考卷;他们回答了一个干脆的干字,我们不能不佩服。我们不能不尊敬他们精神的人格。不等那大震灾的火焰缓和下去,我们邻居们第二次的奋斗已经庄严的开始了。不等运命的残酷的手臂松放,他们已经宣言他们积极的态度对运命宣战。这

17

是精神的胜利,这是伟大,这是证明他们有不可摇的信心,不可动的自信力;证明他们是有道德的与精神的准备的,有最坚强的毅力与忍耐力,有内心潜在着的精力的,有充分的后备军的,好比说,虽则前敌一起在炮火里毁了,这只是给他们一个出马的机会。他们不但不悲观,不但不消极,不但不绝望,不但不矮着嗓子乞怜,不但不倒在地下等救,在他们看来这大灾难,只是一个伟大的戟刺,伟大的鼓励,伟大的灵感,一个应有的试验,因此他们新来的态度只是双倍的积极,双倍的勇猛,双倍的兴奋,双倍的有希望;他们仿佛是经过大战的大将,战阵愈急迫愈危险,战鼓愈打得响亮,他的胆量愈大,往前冲的步子愈紧,必胜的决心愈强。这,我说,真是精神的胜利,一种道德的强制力,伟大的,难能的,可尊敬的,可佩服的。泰戈尔说的,国家的灾难,个人的灾难,都是一种试验:除是灾难的结果压倒了你的意志与勇敢,那才是真的灾难,因为你更没有翻身的希望。

这也并不是说他们不感觉灾难的实际的难受,他们也是人,他们虽勇,心究竟不是铁打的。但他们表现他们痛苦的状态是可注意的;他们不来零碎的呼叫,他们采用一种雄伟的庄严的仪式。此次震灾的周年纪念时,他们选定一个时间,举行他们全国的悲哀;在不知是几秒或几分钟的期间内,他们全国的国民一致的静默了,全国民的心灵在那短时间内融合在一阵忏悔的,祈祷的,普遍的肃静里(那是何等的凄伟!);然后,一个信号打破了全国的静默,那千百万人民又一致的高声悲号,悲悼他们曾经遭受的惨运;在这一声弥漫的哀号里,他们国民,不仅发泄了蓄积着的悲哀,这一声长号,也表明他们一致重新来过的伟大的决心(这又是何等的凄伟)!

这是教训,我们最切题的教训。我个人从这两件事情——俄国革命与日本地震——感到极深刻的感想；一件是告诉我们什么是有意义有价值的牺牲，那表面紊乱的背后坚定的站着某种主义或是某种理想，激动人类潜伏着一种普遍的想望，为要达到那想望的境界,他们就不顾冒怎样剧烈的险与难,拉倒已成的建设踏平现有的基础,抛却生活的习惯,尝试最不可测量的路子。这是一种疯癫,但是有目的的疯癫;单独的看,局部的看,我们尽可以下种种非难与责备的批评,但全部的看,历史的看时,那原来纷乱的就有了条理,原来散漫的就成了片段,甚至于在经程中一切反理性的分明残暴的事实,都有了他们相当的应有的位置,在这部大悲剧完成时,在这无形的理想"物化"成事实时,在人类历史清理结账时,所得便超过所出,赢余至少是盖得过损失的。我们现在自己的悲惨就在问题不集中,不清楚,不一贯;我们缺少——用一个现成的比喻——那一面半空里升起来的彩色旗(我不是主张红旗我不过比喻罢了)! 使我们有眼睛能看的人都不由的不仰着头望;缺少那青天里的一个霹雳,使我们有耳朵能听的不由的惊心。正因为缺乏这样一个一贯的理想与标准(能够表现我们潜在意识所想望的), 我们有的那一部疯癫性——历史上所有的大运动都脱不了疯癫性的成分——就没有机会充分的外现, 我们物质生活的累赘与沾恋,便有力量压迫住我们精神性的奋斗;不是我们天生不肯牺牲,也不是天生懦怯,我们在这时期内的确不曾寻着值得或是强迫我们牺牲的那件理想的大事,结果是精力的散漫,志气的怠惰,苟且心理的普遍,悲观主义的盛行,一切道德标准与一切价值的毁灭与埋葬。

　　人原来是行为的动物,尤其是富有集合行为力的,他有向上的能力,但他也是最容易堕落的,在他眼前没有正当的方向时,比如猛兽监禁在铁笼子里。在他的行为力没有发展的机会时,他就会随地躺了下来，管他是水潭是泥潭，过他不黑不白的猪奴的生活。这是最可惨的现象，最可悲的趋向。如其我们容忍这种状态继续存在时，那时每一对父母每次生下一个洁净的小孩，只是为这卑劣的社会多添一个堕落的分子，那是莫大的亵渎的罪业；所有的教育与训练也就根本的失去了意义，我们还不如盼望一个大雷霆下来毁尽了这三江或四江流域的人类的痕迹！

再看日本人天灾后的勇猛与毅力，我们就不由的不惭愧我们的穷，我们的乏，我们的寒伧。这精神的穷乏才是真可耻的，不是物质的穷乏。我们所受的苦难都还不是我们应有的试验的本身，那还差得远着哪；但是我们的丑态已经恰好与人家的从容成一个对照。我们的精神生活没有充分的涵养，所以临着稀小的纷扰便没有了主意，像一个耗子似的，他的天才只是害怕，他的伎俩只是小偷；又因为我们的生活没有深刻的精神的要求，所以我们合群生活的大网子就缺少最吃分量最经用的那几条普遍的同情线，再加之原来的经纬已经到了完全破烂的状态，这网子根本就没有了联结，不受外物侵损时已有溃散的可能，那里还能在时代的急流里，捞起什么有价值的东西？说也奇怪，这几千年历史的传统精神非但不曾供给我们社会一个巩固的基础，我们现在到了再不容隐讳的时候，谁知道我们发现的桩子，只是在黄河里造桥，打在流沙里的！

难怪悲观主义变成了流行的时髦！但我们年轻人，我们的身体里还有生命跳动，脉管里多少还有鲜血的年轻人，却不应当沾染这最致命的时髦，不应当学那随地躺得下去的猪，不应当学那苟且专家的耗子，现在时候逼迫了，再不容我们霎那的含糊。我们要负我们应负的责任，我们要来补织我们已经破烂的大网子，我们要在我们各个人的生活里抽出人道的同情的纤维来合成强有力的绳索,我们应当发现那适当的象征,像半空里那面大旗似的,引起普遍的注意;我们要修养我们精神的与道德的人格,预备忍受将来最难堪的试验。简单的一句话,我们应当在今天——过了今天就再没有那一天了——宣布我们对于生活基本的态度。是是还是否;是积极还是消极;是生道还是死道;是向上还是堕落?在我们年轻人一个字的答案上就挂着我们全社会的运命的决定。我盼望我至少可以代表大多数青年,在这篇讲演的末尾,高叫一声——用两个有力量的外国字——

"Everlasting yea! "

载北京《晨报六周年纪念增刊》1924 年 12 月 1 日

徐志摩人生感悟

给郭子雄题词

约会不如邂逅，有心不如无意，我们在庐山相共的日子，我想彼此都不容易忘怀的；十年，二十年，也许到我们出白胡子的日子，也消灭不了此地几个山峰的记忆，尤其是汉阳峰，这是不用说了；你的声音，我们也想永久的记住。这是一本英国诗选，人类共有的一部分可贵的菁华，我们盼望你可以时常在这里得到不仅你文学天才的营养与灵感，你也可以在你忧伤或悲哀，或惆怅，或沮丧的时候寻得精神上的无上的安慰。我们这里小天池多的是迷云与惨雾，人生亦不见得一路有阳光的照亮；但这就异是重要的，天时与人生都少不了相替的阴晴与寒燠；否则这些闪亮的钻宝似的诗歌到如今不免深埋在原始的人心的矿石里。我们应得寻求幸福，我们却不应躲避苦恼，只有这里面我们有机会证明人的灵魂的高贵与伟大。话说得太认真了，小郭，我们还是讨论山峰的好！

志摩歆海 十三年八月

载南京《文艺月刊》第 8 卷第 3 期郭子雄《忆志摩》文（1936 年 7 月）

想 飞

假如这时候窗子外有雪——街上，城墙上，屋脊上，都是雪，胡同口一家屋檐下偎着一个戴黑兜帽的巡警，半拢着睡眼，看棉团似的雪花在半空中跳着玩……假如这夜是一个深极了的啊，不是壁上挂钟的时针指示给我们看的深夜，这深就比是一个山洞的深，一个往下钻螺旋形的山洞的深……

假如我能有这样一个深夜，它那无底的阴森捻起我遍体的毫管；再能有窗子外不住往下筛的雪，筛淡了远近间飐动的市谣，筛泯了在泥道上挣扎的车轮。筛灭了脑壳中不妥协的潜流……

我要那深，我要那静。那在树荫浓密处躲着的夜鹰轻易不敢在天光还在照亮时出来睁眼。思想：它也得等。

青天里有一点子黑的。正冲着太阳耀眼，望不真，你把手遮着眼，对着那两株树缝里瞧，黑的，有橙子来大，不，有桃子来大——嘿，又移着往西了！

我们吃了中饭出来到海边去（这是英国康槐尔极南的一角，三面是大西洋）。勖丽丽的叫响从我们的脚底下匀匀的往上颤，齐着腰，到了肩高，过了头顶，高入了云，高出了云。阿，你能不能把一种急震的乐

徐志摩人生感悟

音想像成一阵光明的细雨，从蓝天里冲着这平铺着青绿的地面不住的下？不，那雨点都是跳舞的小脚，安琪儿的。云雀们也吃过了饭，离开了它们卑微的地巢飞往高处做工去。上帝给它们的工作，替上帝做的工作。瞧着，这儿一只，那边又起了两只！一起就冲着天顶飞，小翅膀动活的多快活，圆圆的，不踌躇的飞——它们就认识青天。一起就开口唱，小嗓子动活的多快活，一颗颗小精圆珠子直往外唾，亮亮的唾，脆脆的唾，——它们赞美的是青天。瞧着，这飞得多高，有豆子大，有芝麻大，黑刺刺的一屑，直顶着无底的天顶细细的摇，——这全看不见了，影子都没了！但这光明的细雨还是不住的下着……

飞。"其翼若垂天之云……背负苍天，而莫之夭阏者"：那不容易见着。我们镇上东关庙外有一座黄泥山，山顶上有一座七层的塔，塔尖顶着天。塔院里常常打钟，钟声响动时，那在太阳西晒的时候多，一枝艳艳的大红花贴在西山的鬓边回照着塔山上的云彩，——钟声响动时，绕着塔顶尖，摩着塔顶天，穿着塔顶云，有一只两只有时三只四只有时五只六只蜷着爪往地面瞧的"饿老鹰"，撑开了它们灰苍苍的大翅膀没挂恋似的在盘旋，在半空中浮着，在晚风中泅着，仿佛是按着塔院钟的波荡来练习圆舞似的。那是我做孩子时的"大鹏"。有时好天抬头不见一瓣云的时候听着谻忧忧的叫响，我们就知道那是宝塔上的饿老鹰寻食吃来了，这一想像半天里秃顶圆睛的英雄，我们背上的小翅膀骨上就仿佛豁出了一锉锉铁刷似的羽毛，摇起来呼呼响的，只一摆就冲出了书房门，钻入了玳瑁镶边的白云里玩儿去，谁耐烦站在先生书桌前晃着身子背早上的多难背的书！阿飞！不是那在树枝上矮矮的跳着的麻雀儿的飞；不是那发天黑从堂扁后背冲出来赶蚊子吃的蝙蝠的飞；也不是那软尾巴软嗓子做窠在堂檐上的燕子的飞。要飞就得满天飞，风拦不住云挡不住的飞，一翅膀就跳过一座山头，影子下来遮得阴二十亩稻田的飞，到天晚飞倦了就来绕着那塔顶尖顺着风向打圆圈做梦……听说饿老鹰会抓小鸡！

飞。人们原来都是会飞的。天使们有翅膀，会飞，我们初来时也有翅膀，会飞。我们最初来就是飞了来的，有的做完了事还是飞了去，他们是可羡慕的。但大多数人是忘了飞的，有的翅膀上吊了毛不长再也飞不起来，有的翅膀叫胶水给胶住了再也拉不开，有的羽毛叫人给修短了像鸽子似的只会在地上跳，有的拿背上一对翅膀上当铺去典钱使过了期再也赎不回……真的，我们一过了做孩子的日子就掉了飞的本领。但没了翅膀或是翅膀坏了不能用是一件可怕的事。因为你再也飞不回去，你蹲在地上呆望着飞不上去的天，看旁人有福气的一程一程的在青云里逍遥，那多可怜。而且翅膀又不比是你脚上的鞋，穿烂了可以再问妈要一双去，翅膀可不成，折了一根毛就是一根，没法给补的。还有，单顾着你翅膀也还不定规到时候能飞，你这身子要是不谨慎养太肥了，翅膀力量小再也拖不起，也是一样难不是？一对小翅膀驮不起一个胖肚子，那情形多可笑！到时候你听人家高声的招呼说，朋友，回去罢，趁这天还有紫色的光，你听他们的翅膀在半空中沙沙的摇响，朵朵的春云跳过来推着他们的肩背，望着最光明的来处翩翩的，冉冉的，轻烟似的化出了你的视域，像云雀似的只留下一泻光明的骤雨——"Thou art unseen, but yet I hear the shrill delight."——那你，独自在泥途里淹着，够多难受，够多懊恼，够多寒伧！趁早留神你的翅膀，朋友。

25

是人没有不想飞的。老是在这地面上爬着够多厌烦，不说别的。飞出这圈子，飞出这圈子！到云端里去，到云端里去！那个心里不成天千百遍的这么想？飞上天空去浮着；看地球这弹丸在太空里滚着，从陆地看到海，从海再看回陆地。凌空去看一个明白——这才是做人的趣味，做人的权威，做人的交代。这皮囊要是太重挪不动，就掷了它，可能的话，飞出这圈子，飞出这圈子！

人类初发明用石器的时候，已经想长翅膀。想飞。原人洞壁上画的四不像，它的背上掮着翅膀；拿着弓箭赶野兽的，他那肩背上也给安了翅膀。小爱神是有一对粉嫩的肉翅的。挨开拉斯(Icarus)是人类飞行史里第一个英雄，第一次牺牲。安琪儿(那是理想化的人)第一个标记是帮助他们飞行的翅膀。那也有沿革——你看西洋画上的表现。最初像是一对小精致的令旗，蝴蝶似的粘在安琪儿们的背上，像真的，不灵动的。渐渐的翅膀长大了，地位安准了，毛羽丰满了。画图上的天使们长上了真的可能的翅膀。人类初次实现了翅膀的观念，彻悟了飞行的意义。挨开拉斯闪不死的灵魂，回来投生又投生。人类最大的使命，是制造翅膀，最大的成功是飞！理想的极度，想像的止境，从人到神！诗是翅膀上出世的；哲理是在空中盘旋的。飞：超脱一切，笼盖一切，扫荡一切，吞吐一切。

你上那边山峰顶上试去，要是度不到这边山峰上，你就得到这万丈的深渊里去找你的葬身地！"这人形的鸟会有一天试他第一次的飞行，给这世界惊骇，使所有的著作赞美，给他所从来的栖息处永久的光荣。"啊达文奢！

但是飞？自从挨开拉斯以来，人类的工作是制造翅膀，还是束缚翅膀？这翅膀，承上了文明的重量，还能飞吗？都是飞了来的，还都能飞了回去吗？钳住了，烙住了，压住了，——这人形的鸟会有试他第一次飞行的一天吗？……

同时天上那一点子黑的已经迫近在我的头顶，形成了一架鸟形的机器，忽的机沿一侧，一球光直往下注，硼的一声炸响，——炸碎了我在飞行中的幻想，青天里平添了几堆破碎的浮云。

十四～十六日

载北京《晨报副刊》1926 年 4 月 19 日

徐志摩人生感悟

秋

两年前,在北京,有一次,也是这么一个秋风生动的日子,我把一个人的感想比作落叶,从生命那树上掉下来的叶子。落叶,不错,是衰败和凋零的象征,它的情调几乎是悲哀的。但是那些在半空里飘摇,在街道上颠倒的小树叶儿,也未尝没有它们的妩媚,它们的颜色,它们的意味,在少数有心人看来,它们在这宇宙间并不是完全没有地位的。"多谢你们的摧残,使我们得到解放,得到自由。"它们仿佛对无情的秋风说。"劳驾你们了,把我们踹成粉,踩成泥,使我们得到解脱,实现消灭。"它们又仿佛对不经心的人们这么说。因为看着,在春风回来的那一天,这叫卑微的生命的种子又会从冰封的泥土里翻成一个新鲜的世界。它们的力量,虽则是看不见,可是不容疑惑的。

我那时感着的沉闷,真是一种不可形容的沉闷。它仿佛是一座大山,我整个的生命叫它压在底下。我那时的思想简直是毒的,我有一首诗,题目就叫《毒药》,开头的两行是——

"今天不是,我歌唱的日子,我口边涎着狞恶的冷笑,不是我说笑的日子,我胸怀间插着发冷光的刀剑;相信我,我的思想是恶毒的,因为这世界是恶毒的,我的灵魂是黑暗的,因为太阳已经灭绝了光彩,我的声调，像是坟堆里的夜枭，因为人间已经杀尽了一切的和谐，我的口音，像是冤鬼责问他的仇人，因为一切的恩已经让路给一切的怨。"

我借这一首不成形的咒诅的诗，发泄了我一腔的闷气，但我却并不绝望，并不悲观，在极深刻的沉闷的底里，我那时还模着了希望。所以我在《婴儿》——那首不成形诗的最后一节——那诗的后段，在描写一个产妇在她生产的受罪中，还能含有希望的句子。

在我那时带有预言性的想像中，我想望着一个伟大的革命。因此我在那篇《落叶》的末尾，我还有勇气来对付人生的挑战，郑重的宣告一个态度，高声的喊一声——借用两个有力量的外国字——"Everlasting yea""Everlasting yea"，"Everlasting yea"。一年，一年，又过去了两年。这两年间我那时的想望有实现的没有？那伟大的《婴儿》有出世了没有？我们的受罪取得了认识与价值没有？

我不知道，我不知道。我知道的还只是那一大堆丑陋的臃肿的沉闷，压得瘪人的沉闷，笼盖着我的思想，我的生命。它在我的经络里，在我的血液里。我不能抵抗，我再没有力量。

我们靠着维持我们生命的不仅是面包，不仅是饭，我们靠着活命的，用一个诗人的话，是情爱，敬仰心，希望。"We live by love, admiration and hope"，这话又包涵一个条件，就是说这世界这人类是能承受我们的爱，值得我们的敬仰，容许我们的希望的。但现代是什么光景？人性的表现，我们看得见听得到的，倒底是怎样回事？我想我们都不是外人，用不着掩饰，实在也无从掩饰，这里没有什么人性的表现，除了丑恶，下流，黑暗。太丑恶了，我们火热的胸膛里有爱不能爱，太下流了，我们有敬仰心不能敬仰，太黑暗了，我们要希望也无从希望。太阳给天狗吃了去，我们只能在无边的黑暗中沉默着，永远的沉默着！这仿

徐志摩人生感悟

佛是经过一次强烈的地震的悲惨，思想，感情，人格，全给震成了无可收拾的断片，也不成系统，再也不得连贯，再也没有表现。但你们在这个时候要我来讲话，这使我感着一种异样的难受。难受，因为我自身的悲惨。难受，尤其因为我感到你们的邀请不止是一个寻常讲演的邀请。你们来邀我，当然不是要什么现成的主义，那我是外行，也不为什么专门的学识，那我是草包，你们明知我是一个诗人，他的家当，除了几座空中的楼阁，至多只是一颗热烈的心。你们邀我来也许在你们中间也有同我一样感到这时代的悲哀，一种不可解脱不可摆脱的况味，所以邀我这同是这悲哀沉闷中的同志来，希冀万一，可以给你们打几个幽默的比喻，说一点笑话，给一点子安慰，有这么小小的一半个时辰，彼此可以在同情的温暖中忘却了时间的冷酷。因此我踌躇，我来怕没有交代，不来又于心不安。我也曾想选几个离着实际的人生较远些的事儿来和你们谈谈，但是相信我，朋友们，这念头是枉然的，因为不论你思想的起点是星光是月是蝴蝶，只一转身，又逢着了人生的基本问题，冷森森的竖着像是几座拦路的墓碑。

　　不，我们躲不了它们：关于这时代人生的问号，小的，大的，歪的，正的，像蝴蝶似的绕满了我们的周遭。正如在两年前它们逼迫我宣告一个坚决的态度，今天它们还是逼迫着要我来表示一个坚决的态度。也好，我想，这是我再来清理一次我的思想的机会。在我们完全没有能力解决人生问题时，我们只能承认失败。但我们当前的问题究竟是些什么？如其它们有力量压倒我们，我们至少也得抬起头来认一认我们敌人的面目再说。譬如医病，我们先得看清是什么病而后用药，才可以有希望治病。说我们是有病，那是无可致疑的。但病在那一部，最重要的是症候是什么，我们却不一定答得上。至少，各人有各人的答案,决不会一致的。就说这时代的烦闷,烦闷也不能凭空来的不是?它也得有种种造成它的原因,它到底是怎么回事,我们也得查个明白。换句话说,我们先得确定我们的问题,然后再试第二步的解决。也许在分析我们的病症的研究中,某种对症的医法,就会不期然的显现。我们来试试看。

说到这里,我们可以想像一班乐观派的先生们冷眼的看着我们好笑。他们笑我们无事忙,谈什么人生,谈什么根本问题,人生根本就没有问题, 这都是那玄学鬼钻进了懒惰人的脑筋里在那里不相干的捣玄虚来了! 做人就是做人,重在这做字上。你天性喜欢工业,你去找工程事情做去就得。你爱谈整理国故,你寻你的国故整理去就得。工作,更多的工作,是唯一的福音。把你的脑力精神一齐放在你愿意做的工作上,你就不会轻易发挥感伤主义,你就不会无病呻吟,你只要尽力去工作,什么问题都没有了。

这话初听到是又生辣又甘脆的,本来么,有什么问题,做你的工好了,何必自寻烦恼! 但是你仔细一想的时候,这明白晓畅的福音还是有漏洞的。固然这时代狠多的呻吟只是懒鬼的装痛,或是虚幻的想像,但我们因此就能说这时代本来是健全的,所谓病痛所谓烦恼无非是心理作用了吗? 固然当初德国有一个大诗人,他的伟大的天才使他在什么心智的活动中都找到趣味,他在科学实验室里工作得厌倦了,他就跑出来带住一个女性就发迷,西洋人说的"跌进了恋爱";回头他又厌倦了或是失恋了,只一感到烦恼,或悲哀的压迫,他又赶快飞进了他的实验室,关上了门,也关上了他自己的感情的门,又潜心他的科学研究去了。在他,所谓工作确是一种救济,一种关栏,一种调剂,但我们怎能比得? 我们一班青年感情和理智还不能分清的时候,如何能有这样

31

伟大的克制的工夫？所以我们还得来研究我们自身的病痛，想法可能的补救。

并且这工作论是实际上不可能的。因为假如社会的组织，果然能容得我们各人从各人的心愿选定各人的工作并且有机会继续从事这部分的工作，那还不是一个黄金时代？"民各乐其业，安其生。"还有什么问题可谈的？现代是这样一个时候吗？商人能安心做他的生意，学生能安心读他的书，文学家能安心做他的文章吗？正因为这时代从思想起，什么事情都颠倒了，混乱了，所以才会发生这普通的烦闷病，所以才有问题，否则认真吃饱了饭没有事做，大家甘心自寻烦恼不成？

我们来看看我们的病症。

第一个显明的症候是混乱。一个人群社会的存在与进行是有条件的。这条件是种种体力与智力的活动的和谐的合作，在这诸种活动中的总线索，总指挥，是无形迹可寻的思想，我们简直可以说哲理的思想，它顺着时代或领着时代规定人类努力的方向，并且在可能时给它一种解释，一种价值的估定与意义的发见。思想的一个使命，是引导人类从非意识的以至无意识的活动进化到有意识的活动，这点子意识性的认识与觉悟，是人类文化史上最光荣的一种胜利，也是最透彻的一种快乐。果然是这部分哲理的思想，统辖得住这人群社会全体的活动，这社会就上了正轨；反面说，这部分思想要是失去了它那总指挥的地位，那就坏了，种种体力和智力的活动，就随时随地有发生冲突的可能，这重心的抽去是种种不平衡现象主要的原因。现在的中国就吃亏在没有了这个重心，结果什么都豁了边，都不合式了。我们这老大国家，说也可惨，在这百年来，根本就没思想可说。从安逸到宽松，从宽松到怠惰，从怠惰到着忙，从着忙到瞎闯，从瞎闯到混乱，这几个形容词我想可以概括近百年来中国的思想史，——简单说，它完全放弃了总指挥的地位。没有了统系，没有了目标，没有了和谐，结果是现代的中国：一团混乱。

混乱，混乱，那儿都是的。因为思想的无能，所以引起种种混乱的现象，这是一步。再从这种种的混乱，更影响到思想本体，使它也传染了这混乱。好比一个人因为身体软弱才受外感，得了种种的病，这病的蔓延又回过来销蚀病人有限的精力，使他变成更软弱了，这是第二步，经济，政治，社会，那儿不是蹊跷，那儿不是混乱？这影响到个人方面是理智与感情的不平衡，感情不受理智的节制就是意气，意气永远是浮的，浅的，无结果的；因为意气占了上风，结果是错误的活动。为了不曾辨认清楚的目标，我们的文人变成了政客，研究科学的，做了非科学的官，学生抛弃了学问的寻求，工人做了野心家的牺牲。这种种混乱现象影响到我们青年是造成烦闷心理的原因的一个。

这一个症候——混乱——又过渡到第二个症候——变态。什么是人群社会的常态？人群是感情的结合。虽则尽有好奇的思想家告诉我们人是互杀互害的，或是人的团结是基本于怕惧的本能，虽则就在有秩序上轨道的社会里，我们也看得见恶性的表现，我们还是相信社会的纪纲是靠着积极的情感来维系的。这是说在一常态社会的天平上，情爱的分量一定超过仇恨的分量，互助的精神一定超过互害互杀的现象，但在一个社会没有了负有指导使命的思想的中心的情形之下，种种离奇的变态的现象，都是可能产生的了。

一个社会不能供给正当的职业时，它即使有严厉的法令，也不能禁止盗匪的横行。一个社会不能保障安全，奖励恒业恒心，结果原来正当的商人，都变成了拿妻子生命财产来做买空卖空的投机家。我们只

徐志摩人生感悟

要翻开我们的日报，就可以知道这现代的社会是常态是变态。拢统一点说，他们现在只有两个阶级可分，一个是执行恐怖的主体，强盗，军队，土匪，绑匪，政客，野心的政治家，所有得势的投机家都是的，他们实行的，不论明的暗的，直接间接都是一种恐怖主义。还有一个是被恐怖的。前一阶级永远拿着杀人的利器或是类似的东西在威吓着，压迫着，要求满足他们的私欲，后一阶级永远是在地上爬着，发着抖，喊救命，这不是变态吗？这变态的现象表现在思想上就是种种荒谬的主义离奇的主张。拢统说，我们现在听得见的主义主张，除了平庸不足道的，大都是计算领着我们向死路上走的。这不是变态吗？

这种种变态现象影响到我们青年，又是造成烦闷心理的原因的一个。

这混乱与变态的观众又协同造成了第三种的现象——切标准的颠倒。人类的生活的条件，不仅仅是衣食住；"人之异于禽兽者几希"，我们一讲到人道，就不能脱离相当的道德观念。这比是无形的空气，他的清鲜是我们健康生活的必要条件。我们不能没有理想，没有信念，我们真生命的寄托决不在单纯的衣食间。我们崇拜英雄——广义的英雄——因为在他们事业上所表现的品性里，我们可以感到精神的满足与灵感，鼓励我们更高尚的天性，勇敢的发挥人道的伟大。你崇拜你的爱人，因为她代表的是女性的美德。你崇拜当代的政治家，因为他们代表的是无私心的努力。你崇拜思想家，因为他们代表的是寻求真理的勇敢。这崇拜的涵义就是标准。时代的风尚尽管变迁，但道义的标准是永远不动摇的。这些道义的准则，我们问时代要求的是随时给我们这些道义准则的一个具体的表现。仿佛是在渺茫的人生道上给悬着几颗照路的明星。但现代给我们的是什么？我们何尝没有热烈的崇拜

34

心？我们何尝不在这一件事那一件事上，或是这一个人物那一个人物的身上安放过我们迫切的期望。但是，但是，还用我说吗！有那一件事不使我们重大的迷惑，失望，悲伤？说到人的方面，那有比普遍的人格的破产更可悲悼的？在不知那一种魔鬼主义的秋风里，我们眼见我们心目中的偶像像败叶似的一个个全掉了下来！眼见一个个道义的标准，都叫丑恶的人性给沾上了不可清洗的污秽！标准是没有了的。这种种道德方面人格方面颠倒的现象，影响到我们青年，又是造成烦闷心理的原因的一个。

跟着这种种症候还有一个惊心的现象，是一般创作活动的消沉，这也是当然的结果。因为文艺创作活动的条件是和平有秩序的社会状态，常态的生活，以及理想主义的根据。我们现在却只有混乱，变态，以及精神生活的破产。这仿佛是拿毒药放进了人生的泉源，从这里流出来的思想，那还有什么真善美的表现？

这时代病的症候是说不尽的，这是最复杂的一种病，但单就我们上面说到的几点看来，我们似乎已经可以采得一点消息，至少我个人是这么想。——那一点消息就是生命的枯窘，或是活力的衰耗。我们所以得病是为我们生活的组织上缺少了思想的重心，它的使命是领导与指挥。但这又为什么呢？我的解释，是我们这民族已经到了一个活力枯窘的时期。生命之流的本身，已经是近于干涸了；再加之我们现得的病，又是直接尅伐生命本体的致命症候，我们怎样能受得住？这话可又讲远了，但又不能不从本原上讲起。我们第一要记得我们这民族是老得不堪的一个民族。我们知道什么东西都有它天限的寿命；一种树只能青多少年，过了这期限就得衰，一种花也只能开几度花，过此就为死(虽则从另一个看法，它们都是永生的，因为它们本身虽得死，它们的种子还是有机会继续发长)。我们这棵树在人类的树林里，已经算得是寿命极长的了。我们的血统比较又是纯粹的，就连我们的近邻西藏满蒙的民族都等于不和我们混合。还有一个特点是我们历来因为四民制的结果，士之子恒为士，商之子恒为商，思想这任务完全为士民阶级的专利，又因为经济制度的关系，活力最充足的农民简直没有机会读书，因此士民阶级形成了一种孤单的地位。我们要知道知识是一种堕落，尤其从活力的观点看，这士民阶级是特别堕落的一个阶级，再加之我们旧教育观念的偏窄，单就知识论，我们思想本能活动的范围简直是荒谬的狭小。我们只有几本书，一套无生命的陈腐的文字，是我们唯一的工具。这情形就比是本来是一个海湾，和大海是相通的，但后来因为沙地的胀起，这一湾水渐渐的隔离它所从来的海，而变成了湖。这湖原先也许还承受得着几股山水的来源，但后来又经过陵谷的变迁，这部分的来源也断绝了，结果这湖又干成一只小潭，乃至一小潭的止水，胀满了青苔与萍梗，钝迟迟的眼看得见就可以完全干涸了去的一个东西。这是我们受教育的士民阶级的相仿情形。现在所谓智识阶级亦无非是这潭死水里比较泥草松动些风来还多少吹得绉的一洼臭水，别瞧它矜矜自喜，可怜它能有多少前程？还能有多少生命？

所以我们这病，虽则症候不止一种，虽然看来复杂，归根只是中医所谓气血两亏的一种本原病。我们现在所感觉的烦闷，也只见沉浸在这一洼离死不远的臭水里的气闷，还有什么可说的？水因为不流所以滋生了水草，这水草的涨性，又帮助浸干这有限的水。同样的，我们的活力因为断绝了来源，所以发生了种种本原性的病症，这些病又回过来侵蚀本原，帮助消尽这点仅存的活力。

病性既是如此，那不是完全绝望了吗？

那也不能这么容易。一棵大树的凋零,一个民族的衰歇,决不是一朝一夕的事儿。我们当然还是要命。只是怎么要法,是我们的问题。我说过我们的病根是在失去了思想的重心,那又是原因于活力的单薄。在事实上,我们这读书阶级形成了一种极孤单的状况,一来因为阶级关系它和民族里活力最充足的农民阶级完全隔绝了;二来因为畸形教育以及社会的风尚的结果,它在生活方面是极端的城市化,腐化,奢侈化,惰化,完全脱离了大自然健全的影响变成自蚀的一种蛀虫。在智力活动方面,只偏向于纤巧的浅薄的诡辩的乃至于程式化的一道,再没有创造的力量的表示,渐次的完全失去了它自身的尊严以及统豁领导全社会活动的无上的权威。这一没有了统帅,种种紊乱的现象就都跟着来了。

　　这畸形的发展是值得寻味的。一方面你有你的读书阶级,中了过度文明的毒,一天一天望腐化僵化的方向走,但你却不能否认它智力的发达,只因为道义标准的颠倒以及理想主义的缺乏,它的活动也全不是在正理上。就说这一堂的翩翩年少——尤其是文化最发旺的江浙的青年,十个里有九个是弱不禁风的。但问题还不全在体力的单薄,尤其是智力活动本身是有了病,它只有毒性的戟刺,没有健全的来源,没有天然的资养。纤巧的新奇的思想不是我们需要的,我们要的是从丰满的生命与强健的活力里流露出来纯正的健全的思想,那才是有力量的思想。

　　同时我们再看看占我们民族十分之八九的农民阶级。他们生活的简单,脑筋的简单,感情的简单,意识的疏浅,文化的落后,几于使他们形成一种仅仅有生物作用的人类。他们的肌肉是发达的,他们是能工作的,但因为教育的不普及,他们智力的活动简直的没有机会,结果按照生物学的公例,因无用而退化,他们的脑筋简直不行的了。乡

徐志摩人生感悟

下的孩子当然比城市的孩子不灵,粗人的子弟当然比不上书香人的子弟,这是一定的。但我们现在为救这文化的性命,非得赶快就有健全的活力来补充我们受足了过度文明的毒的读书阶级不可。也有人说这读书阶级是不可救药的了,希望如其有,是在我们民族里还未经开化的农民阶级。我的意思是我们应得利用这部分未开凿的精力来补充我们开凿过分的士民阶级。讲到实施,第一得先打破这无形的阶级界限以及省分界限,通婚和婚是必要的,比较的说,广东湖南乃至北方人比江浙人健全得多,乡下人比城里人健全得多,所以江浙人和北方人非得尽量的通婚,城市人非得与农人尽量的通婚不可。但是这话说着容易,实际上是极困难的。讲到结婚,谁愿意放弃自身的艳福,为的是渺茫的民族的前途上,那一个翩翩的少年甘心放着窈窕风流的江南女郎不要,而去乡村里找粗蠢的大姑娘作配,谁肯不就近结识血统逼近的姨妹表妹乃至于同学妹,而肯远去异乡到口音不相通的外省人中间去寻配偶?这是难的我知道。但希望并不见完全没有——这希望完全是在教育上。第一我们得赶快认清这时代病无非是一种本原病,什么混乱的变态的现象,都无非显示生命的缺乏,这种种病,又都就是直接戕伐生命的,所以我们为要文化与思想的健全,不能不想方法开通路子,使这几洼孤立的呆定的死水重复得到天然泉水的接济,重复灵活起来,一切的障碍与淤塞自然会得消灭——思想非得直接从生命的本体里热烈的迸裂出来才有力量,才是力量。这过度文明的人种非得带它回到生命的本源上去不可,它非得重新生过根不可。按着这个目标,我们在教育上就不能不极力推广教育的机会到健全的农民阶级里去,同时奖励阶级间的通婚。假如国家的力量可以干涉到个人婚姻的话,我们尽可以用强迫的方法叫你们这些翩翩的少年都去娶乡下大姑娘子,而同时把我们窈窕风流的女郎去嫁给农民做媳妇。况且谁知道，我们现在择偶的标准本身就是不健全的。女人要嫁给金钱，奢侈，虚荣，女性的男子；男人的口味也是同样的不妥当。什么都是不健全的，喔，这毒气充塞的文明社会！在我们理想实现的那一天，我们这文化如其有救的话，将来的青年男女一定可以兼有士民与农民的特长，体力与智力得到均平的发展，从这类健全的生命树上，我们可以盼望吃得着美丽鲜甜的思想的果子！

至于我们个人方面，我也有一部分的意见，只是今天时光局促了怕没有机会发挥，但总结一句话，我们要认清我们是什么病，这病毒是在我们一个个你我的身体上，血液里，无容讳言的，只要我们不认错了病多少总有办法。我的意见是要多多接近自然，因为自然是健全的纯正的影响，这里面有无穷尽性灵的资养与启发与灵感。这完全靠我们个人自觉的修养。我们先得要立志不做时代和时光的奴隶，我们要做我们思想和生命的主人，这暂时的沈闷决不能压倒我们的理想，我们正应得感谢这深刻的沈闷，因为在这里，我们才感悟着一些自度的消息，如我方才说的，我们还是得努力，我们还是得坚持，我们的态度是积极的。正如我两年前《落叶》的结束是喊一声，"Everlasting yea"，我今天还是要你们跟着我来喊一声"Everlasting yea"！

载上海良友图书印刷公司版《秋》单行本(1931 年 11 月)

徐志摩人生感悟

海滩上种花

朋友是一种奢华；且不说酒肉势利，那是说不上朋友，真朋友是相知，但相知谈何容易，你要打开人家的心，你先得打开你自己的，你要在你的心里容纳人家的心，你先得把你的心推放到人家的心里去：这真心或真性情的相互的流转，是朋友的秘密，是朋友的快乐。但这是说你内心的力量够得到，性灵的活动有富余，可以随时开放，随时往外流，像山里的泉水，流向容得住你的同情的沟槽；有时你得冒险，你得化本钱，你得抵拼在巉岈的乱石间，触刺的草缝里耐心的寻路，那时候艰难，苦痛，消耗，在在是可能的，在你这水一般灵动，水一般柔顺的寻求同情的心能找到平安欣快以前。

我所以说朋友是奢华，"相知"是宝贝，但得拿真性情的血本去换，去拼。因此我不敢轻易说话，因为我自己知道我的来源有限，十分的谨慎尚且不时有破产的恐惧；我不能随便"化"。前天有几位小朋友来邀我跟你们讲话，他们的恳切折服了我，使我不得不从命，但是小朋友们，说也惭愧，我拿什么来给你们呢？

我最先想来对你们说些孩子话，因为你们都还是孩子。但是那孩子的我到那里去了？仿佛昨天我还是个孩子，今天不知怎的就变了样。

什么是孩子要不为一点活泼的天真？但天真就比是泥土里的嫩芽，天冷泥土硬就压住了它的生机——这年头问谁去要和暖的春风？

孩子是没了。你记得的只是一个不清切的影子，麻糊得紧，我这时候想起就像是一个瞎子追念他自己的容貌，一样的记不周全；他即使想急了拿一双手到脸上去印下一个模子来，那模子也是个死的。真的没了。一天在公园里见一个小朋友不提多么活动，一忽儿上山，一忽儿爬树，一忽儿溜冰，一忽儿干草里打滚，要不然就跳着憨笑；我看着羡慕，也想学样，跟他一起玩，但是不能，我是一个大人，身上穿着长袍，心里存着体面，怕招人笑，天生的灵活换来矜持的存心——孩子，孩子是没有的了，有的只是一个年岁与教育蛀空了的躯壳，死僵僵的，不自然的。

我又想找回我们天性里的野人来对你们说话。因为野人也是接近自然的；我前几年过印度时得到极刻心的感想，那里的街道房屋以及土人的体肤容貌，生活的习惯，虽则简，虽则陋，虽则不夸张，却处处与大自然——上面碧蓝的天，火热的阳光，地下焦黄的泥土，高矗的椰树——相调谐，情调，色彩，结构，看来有一种意义的一致，就比是一件完美的艺术的作品。也不知怎的，那天看了他们的街，街上的牛车，赶车的老头露着他的赤光的头颅与紫姜色的圆肚，他们的庙，庙里的圣像与神座前的花，我心里只是不自在，就仿佛这情景是一个熟悉的声音的叫唤，叫你去跟着他，你的灵魂也何尝不活跳跳的想答应一声"好，我来了，"但是不能，又有碍路的挡着你，不许你回复这叫唤声启示给你的自由。困着你的是你的教育；我那时的难受就比是一条蛇摆脱不了困住他的一个硬性的外壳——野人也给压住了，永远出不来。

所以今天站在你们上面的我不再是融会自然的野人，也不是天机活灵的孩子:我只是一个"文明人",我能说的只是"文明话"。但什么是文明只是堕落! 文明人的心里只是种种虚荣的念头,他到处忙不算,到处都得计较成败。我怎么能对着你们不感觉惭愧? 不了解自然不仅是我的心,我的话也是的。并且我即使有话说也没法表现,即使有思想也不能使你们了解;内里那点子性灵就比是在一座石壁里牢牢的砌住,一丝光亮都不透,就凭这双眼望见你们,但有什么法子可以传达我的意思给你们,我已经忘却了原来的语言,还有什么话可说的?

但我的小朋友们还是逼着我来说谎(没有话说而勉强说话便是谎)。知识,我不能给;要知识你们得请教教育家去,我这里是没有的。智慧,更没有了;智慧是地狱里的花果,能进地狱更能出地狱的才采得着智慧,不去地狱的便没有智慧——我是没有的。

我正发窘的时候,来了一个救星——就是我手里这一小幅画,等我来讲道理给你们听。这张画是我的拜年片,一个朋友替我制的。你们看这个小孩子在海边沙滩上独自的玩,赤脚穿着草鞋,右手提着一枝花,使劲把它往沙里栽,左手提着一把浇花的水壶,壶里水点一滴滴的往下吊着。离着小孩不远看得见海里翻动着的波澜。

你们看出了这画的意思没有?

在海沙里种花。在海沙里种花! 那小孩这一番种花的热心怕是白费的了。沙碛是养不活鲜花的,这几点淡水是不能帮忙的;也许等不到小孩转身,这一朵小花已经支不住阳光的逼迫,就得交卸他有限的生命,枯萎了去。况且那海水的浪头也快打过来了,海浪冲来时不说这朵小小的花,就是大根的树也怕站不住——所以这花落在海边上是绝望的了,小孩这番力量准是白化的了。

你们一定狠能明白这个意思。我的朋友是狠聪明的,她拿这画意来比我们一群呆子,乐意在白天里做梦的呆子,满心想在海沙里种花的傻子。画里的小孩拿着有限的几滴淡水想维持花的生命,我们一群梦人也想在现在比沙漠还要干枯比沙滩更没有生命的社会里,凭着最有限的力量,想下几颗文艺与思想的种子,这不是一样的绝望,一样的傻?想在海沙里种花,想在海沙里种花,多可笑呀!但我的聪明的朋友说,这幅小小画里的意思还不止此;讽刺不是她的目的。她要我们更深一层看。在我们看来海沙里种花是傻气,但在那小孩自己却不觉得。他的思想是单纯的,他的信仰也是单纯的。他知道的是什么?他知道花是可爱的,可爱的东西应得帮助他发长;他平常看见花草都是从地土里长出来的,他看来海砂也只是地,为什么海沙里不能长花他没有想到,也不必想到,他就知道拿花来栽,拿水去浇,只要那花在地上站直了他就欢喜,他就乐,他就会跳他的跳,唱他的唱,来赞美这美丽的生命,以后怎么样,海沙的性质,花的运命,他全管不着!我们知道小孩们怎样的崇拜自然,他的身体虽则小,他的灵魂却是大着,他的衣服也许脏,他的心可是洁净的。这里还有一幅画,这是自然的崇拜,你们看这孩子在月光下跪着拜一朵低头的百合花,这时候他的心与月光一般的清洁,与花一般的美丽,与夜一般的安静。我们可以知道到海边上来种花那孩子的思想与这月下拜花的孩子的思想会得跪下的——单纯,清洁,我们可以想像那一个孩子把花栽好了也是一样来对着花膜拜祈祷——他能把花暂时栽了起来便是他的成功,此外以后怎么样不是他的事情了。

　　你们看这个象征不仅美,并且有力量;因为它告诉我们单纯的信心是创作的泉源——这单纯的烂漫的天真是最永久最有力量的东西,

徐志摩人生感悟

阳光烧不焦他,狂风吹不倒他,海水冲不了他,黑暗掩不了他——地面上的花朵有被摧残有消灭的时候,但小孩爱花种花这一点:"真"却有的是永久的生命。

我们来放远一点看。我们现有的文化只是人类在历史上努力与牺牲的成绩。为什么人们肯努力肯牺牲?因为他们有天生的信心;他们的灵魂认识什么是真什么是善什么是美,虽则他们的肉体与智识有时候会诱惑他们反着方向走路;但只要他们认明一件事情是有永久价值的时候,他们就自然的会得兴奋,不期然的自己牺牲,要在这忽忽变动的声色的世界里,赎出几个永久不变的原则的凭证来。耶稣为什么不怕上十字架?密尔顿何以瞎了眼还要做诗,贝德芬何以聋了还要制音乐,密亿郎其罗为什么肯积受几个月的潮湿不顾自己的皮肉与靴子连成一片的用心思,为的只是要解决一个小小的美术问题?为什么永远有人到冰洋尽头雪山顶上去探险?为什么科学家肯在显微镜底下或是数目字中间研究一般人眼看不到心想不通的道理消磨他一生的光阴?

为的是这些人道的英雄都有他们不可摇动的信心;像我们在海沙里种花的孩子一样,他们的思想是单纯的——宗教家为善的原则牺牲,科学家为真的原则牺牲,艺术家为美的原则牺牲——这一切牺牲的结果便是我们现有的有限的文化。

你们想想在这地面上做事难道还不是一样的傻气——这地面还不与海沙一样不容你生根;在这里的事业还不是与鲜花一样的娇嫩?——潮水过来可以冲掉,狂风吹来可以折坏,阳光晒来可以薰焦我们小孩子手里拿着往沙里栽的鲜花,同样的,我们文化的全体还不一样有随时可以冲掉折坏薰焦的可能吗?巴比伦的文明现在那里?庞培城曾经在地下埋过千百年,克利脱的文明直到最近五六十年间才完全发见,并且有时一件事实体的存在并不能证明他生命的继续。这区区地球的本体就有一千万个毁灭的可能。人们怕死不错,我们怕死人,但最可怕的不是死的死人,是活的死人,单有躯壳生命没有灵性生活是莫大的悲惨;文化也有这种情形,死的文化倒也罢了,最可怜的是勉强喘着气的半死的文化。你们如其问我要例子,我就不迟疑的回答你说,朋友们,贵国的文化便是一个喘着气的活死人! 时候已经狠久的了,自从我们最后的几个祖宗为了不变的原则牺牲他们的呼吸与血液,为了不死的生命牺牲他们有限的存在,为了单纯的信心遭受当时人的讪笑与侮辱。时候已经狠久的了,自从我们最后听见普遍的声音像潮水似的充满著地面。时候已经狠久的了,自从我们最后看见强烈的光明像彗星似的扫掠过地面。时候已经狠久的了,自从我们最后为某种主义流过火热的鲜血。时候已经狠久的了,自从我们的骨髓里有胆量,我们的说话里有分量。这是一个极伤心的反省! 我真不知道这时代犯了什么不可赦的大罪,上帝竟狠心的赏给我们这样恶毒的刑罚? 你看看去这年头到那里去找一个完全的男子或是一个完全的女子——你们去看去,这年头那一个男子不是阳痿,那一个女子不是鼓胀! 要形容我们现在受罪的时期,我们得发明一个比丑更丑比脏更脏比下流更下流比苟且更苟且比懦怯更懦怯的一类生字去! 朋友们,真的我心里常常害怕,害怕下回东风带来的不是我们盼望中的春天, 不是鲜花青草蝴蝶飞鸟,我怕他带来一个比冬天更枯槁更凄惨更寂寞的死天——因为丑陋的脸子不配穿漂亮的衣服,我们这样丑陋的变态的人心与社会凭什么权利可以问青天要阳光,问地面要青草,问飞鸟要音乐,问花朵要颜色? 你问我明天天会不会放亮? 我回答说我不知道,竟许不!

归根是我们失去了我们灵性努力的重心, 那就是一个单纯的信

徐志摩人生感悟

仰,一点烂漫的童真! 不要说到海滩去种花——我们都是聪明人谁愿意做傻瓜去——就是在你自己院子里种花你都恐怕动手哪! 最可怕的怀疑的鬼与厌世的黑影已经占住了我们的灵魂!

所以朋友们,你们都是青年,都是春雷声响不曾停止时破绽出来的鲜花,你们再不可堕落了——虽则陷井的大口满张在你的跟前,你不要怕,你把你的烂漫的天真倒下去,填平了它再往前走——你们要保持那一点的信心,这里面连着来的就是精力与勇敢与灵感——你们要不怕做小傻瓜,尽量在这人道的海滩边种你的鲜花去——花也许会消灭,但这种花的精神是不烂的!

载北京北新书局版《落叶》1926 年 6 月

一个诗人

我的猫，她是美丽与壮健的化身，今夜坐对着新生的发珠光的炉火，似乎在讶异这温暖的来处的神奇。我想她是倦了的，但她还不舍得就此窝下去闭上眼睡，真可爱是这一旺的红艳。她蹲在她的后腿上，两支前腿静穆的站着，像是古希腊庙楹前的石柱，微昂着头，露出一片纯白的胸膛，像是西比利亚的雪野。她有时也低头去舔她的毛片，她那小红舌灵动得如同一剪火焰。但过了好多时她还是壮直的坐望着火。我不知道她在想些什么，但我想她，这时候至少，决不在想她早上的一碟奶，或是暗房里的耗子，也决不会想到屋顶上去作浪漫的巡游，因为春时已经不在。我敢说，我不迟疑的替她说，她是在全神的看，在欣赏，在惊奇这室内新来的奇妙——火的光在她的眼里闪动，热在她的身上流布，如同一个诗人在静观一个秋林的晚照。我的猫，这一晌至少，是一个诗人，一个纯粹的诗人。

载上海《声色》创刊号（1930 年 6 月）

徐志摩人生感悟

47

《超善与恶》节译①

我做过那件事。"我的记忆说。"我不会得做过那件事。"我的自傲说，再也不得分明。结果呢——还是记忆让步。

一个人要是有品格，他就也有他特有的经验，那是常常回头的。

我们最不尊敬我们的上帝：我们不准他犯恶。

只爱一个人是野蛮，因为旁人的机会都给他一个人占尽了。对上帝的爱也是的！

造成大人物的不是伟大情感的力量，而是伟大情感的经久。

有的孔雀永远不开屏让人看——自以为这是他的骄傲。

在平和的时候武性的人攻击他自己。

在海水里渴死是可怕的。是不是你一定得把你的真理上盐——结果使它再不能止渴？

本性——房子着了大火，桌上摆的饭都会忘记的——不错，但是你又在灰堆里把它找出来了。

女人忘了媚人，就学了恨人。

---

① 翻译尼采(Friedrich Wilhelm Nietzsche)作品。

男人有的情绪女人也同样有的,只是它那拍子快慢不同;因此男人与女人永远不停止彼此误解。

在女人们所有自身的虚荣心的后背,她们还是留着她们客观的"瞧女人不起"。

引起我们觉得很聪明人靠不住的时候是他们发窘的时候。

可怕的经验引起一个问题,就是是否这经验着的人也是一样可怕的东西。

载北京《晨报副刊》1925 年 10 月 7 日

海 咏①

整夜在大海边。

渺茫的水,前涌的海沫,几叠窅长的白线,沙洒地在呜咽,迟重地在冲撼,这沉闷的海喘,这锐刺的海味,

这伟大迟钝的风,正在远处的天边兴动,这空间的伟秘,这层云薄幕大空!

这沉重的冲撼声在进行不息——这大海的倦眠依然末醒。

这深长的内吸——这短剧的外呼——这呼吸间的噤寂。

我只是这海边的一砂一砾:海浪啗噬我,

我是他们牧场上的嫩草;

海浪! 我喜的是你们当我青草般来啗噬。

我只是大海的一支小臂:这昏沉旋绕的梦境在进行——我只稳眠在浪涛中心,我平展着肢体眠稳。

多美啊! 我只在浪涛中稳眠平展。浪涛在我身上贯刺旋绕——在

---

① 翻译嘉本特(Edward Carpenter)作品。

50

我面上发里轰腾冲扰。

　　黑夜沉沉的在我头顶：我看不见他们，我只觉得他们，我只听得他们的幽笑。

　　这情景在进行不息！
　　这古怪开拓的涛声在进行不息！
　　霎时地我只是大海自身；莽苍温驯的风在我面上潜爬。
　　我爱上了这风——我伸着口唇去迎吻。
　　多美啊！整夜整年整世纪的平展在浪涛中向缓动的风迎吻！
　　但现在我被她扰怒了，我起身在我的床中急转，愤愤的伸手沿着海边乱扫。

　　我更不知道海滩上的那一块是我；所有的湾澳认识我：沿着这美丽的海岸，在阳光下我缓缓的进退；我的发在身后辽远地浮着；我无数的孩子一齐在冲我的面庞；
　　我听他们的说话，我是异常的满足。

　　整夜在海边；
　　这海是无数面庞的海。
　　这长长的白线上来——一面又一面，当着我上来又过去——
　　冲撼声也相承不息。这是苦痛还是欢喜！
　　一面又一面——无尽的！
　　我不知晓；我的知觉麻木了；我神魂迷荡了——我是脱离了！
　　我只是海岸的一块：

徐志摩人生感悟

我是海浪的食料,他们当作青草似的咬嚼我,我注意的集中,只跟着他们的触刺;

我喜的是,浪呀! 你们当我草般来啮噬。

我是脱离了,我脱离了这海滩;我是自由了——我流了出去,和其余的合伙去了。

苦痛也过去了,尖锐的粘附的欲望是没有了,我觉得我四周都是相类的生灵,我就在他们的中间稳展着,我是沉没在密接的海里。

自由与平等是事实了。我的生命与欢乐似乎已经开始了。

这情景在进行不息!

霎时地我只是这伟大灵活的海自身——浩大的神灵在我的面上潜爬。

我爱上了他。整夜整年整世纪的我在恋爱中倾倒我的灵魂给他。

我自己也无限的开展,我愿与他相接,无处不与他同在。

这是无止境的。但有时他的刺触惹怒了我。我就起来扫略我的约束。

我虽则知晓,但我不再顾念,我自己的身体是那——所有的境遇与幸运都是我的了。

这美的人生的海岸线边, 在所有的海边, 在所有的气候与国度里,在所有的僻隅与小澳里;我只在我所恋的神灵眼前缓缓流着!

欢乐呀! 永远,无疆的欢乐!

我不须匆促——整个的无穷是我的了；有谁停留处我便停留，有谁休止处我便休止——我和你去休止。

各个生命温暖的呼吸都督着我上升:我从工倦了我手指里取过了针线，继续的做去；

所有最秘密的思想都是我的，我的便是最秘密的思想了。

整夜的在海边；

黎明的清风已在吹动。

这神秘的黑夜消翳了，但我的欢乐却永远在着，我起来捡一块石子投向水中(多面的海我将这首诗投入你们中间)——然后在绵缈的沙滩上走向陆地去。

载北京《晨报·文学旬刊》1923 年 11 月 21 日

徐志摩人生感悟

"这是风刮的"

本来还想"剖"下去,但大风刮得人眉眼不得清静,别想出门,家里坐着温温旧情罢。今天(四月八日)是太谷尔先生的生日,两年前今晚此时,阿琼达的臂膀正当着乡村的晚钟声里把"契玦琞"围抱进热恋的中心去,——多静穆多热烈的光景呀!但那晚台上与台下的人物都已星散,两年内的变动真数得上!那晚脸上搽着脂粉头顶着颤巍巍的纸金帽装"春之神"的五十老人林宗孟,此时变了辽河边无骸可托无家可归的一个野鬼;我们的"契玦腊"在万里外过心碎难堪的日子;银须紫袍的竺震且在他的老家里病床上呻吟衰老 (他上月二十三日来电给我说病好些);扮跑龙套一类的蒋百里将军在湘汉间亡命似的奔波,我们的"阿琼达"又似乎回复了他十二年"独身禁欲"的誓约,每晚对着西天的暮霭发他神秘的梦想;就这不长进的"爱之神"依旧在这京尘里悠悠自得,但在这大风夜默念光阴无情的痕迹,也不免滴泪怅触!

"这是风刮的!"风刮散了天上的云,刮乱了地上的土,刮烂了树上的花——它怎能不同时刮灭光阴的痕迹?惆怅是人生,人生是惆怅。

啊,还有那四年前彭德街十号的一晚:

"那二十分不死的时间! "

美如仙慧如仙的曼殊斐儿，她也完了；她的骨肉此时有芳丹薄罗林子里的红嘴虫儿在徐徐的消受！麦雷，她的丈夫，早就另娶，还能记得她吗？

这是风刮的！曼殊斐儿是在澳洲雪德尼地方生长的，她有个弟弟，她最心爱的，在第一年欧战时从军不到一星期就死了，这是她生时最伤心的一件事。她的日记里有很多记念她爱弟极沉痛的纪载。她的小说大半是追写她早年在家乡时的情景；她的弟弟的影子，常常在她的故事里摇晃着。下面这篇《刮风》里的"宝健"就是，我信。

曼殊斐儿文笔的可爱，就在轻妙——和风一般的轻妙，不是大风像今天似的，是远处林子里吹来的微喟，蛱蝶似的掠过我们的鬓发，撩动我们的轻衣，又落在初蕊的丁香林中小憩，绕了几个弯，不提防的又在烂熳的迎春花堆里飞了出来，又到我们口角边惹刺一下，翘着尾巴歇在屋檐上的喜雀"怯"的一声叫了，风儿它已经没了影踪。不，它去是去了，它的余痕还在着，许永远会留着：丁香花枝上的微颤，你心弦上的微颤。

但是你得留神，难得这点子轻妙的，别又叫这年生的风给刮了去！

四月八日深夜

载北京《晨报副刊》1926 年 4 月 10 日

徐志摩人生感悟

明星与夜蛾[①]

I

星对夜蛾说：

爱是不可到的境界，不曾实现的理想。凡是轻易地得到的，我们批评；但批评产生时，恋爱死。恋爱爱未知。

因此夜蛾爱明星，思想家爱他的理想，英雄爱决死的希望男子爱女子。不是一个女子，只是女子。

赛林女(Selene)从不曾亲吻英第迷昂(Endymion)，英第迷昂亦不曾亲吻赛林女。她只是倾泻她的银辉，沐浴他的睡熟的媚形，但在他醒觉时，张着眼对他看的，不是赛林女，却是阿博鲁(Apollo)——阿博鲁，艺术之神。阿博鲁——艺术之神——永远是一个实在的幻相，一个真理的模仿。梦境是一个事实；阳光是象征，是梅约(Maya)，是幻景。

她只是在梦中亲吻过他，他也只在梦中亲吻过她，这是她的胜利的秘密。什么是恋爱的历史？在初期时，不永远是欢喜，殷勤，与期望

---

① 翻译罗斯·玛丽(Rose Mary)作品。

56

吗？痛苦到后来来的——痛苦,发现了,开辟了,熟悉了的痛苦。

但有一天,她亲吻他了,在一顷刻间,他的魂魄在狂乐中飞入了第七个天庭。但他的翅羽不能永远的承住他:他不能常住在天上他现在已经明白了,梦已经是完了。

II

夜蛾对明星说:

恋爱不是居住在荒凉的高原地的,他是在家庭生活间。交抱的手臂的温热,柔嫩的手掌的抚摩,乞怜的妙眼的斜瞬——这是恋爱他。如其我不能将我的恋爱拉在身边, 认识她是我的家里的光明的来源,我一定得去寻求她,不问她在那里,即使在天庭冰冷的圆穹上撞破了我的头颅我也要去寻他的。

恋爱是在面前,不在面前便是没有恋爱。

翩格梅利昂(Pygmalion)不曾爱恋冷的白石;他在他手造的石像中悟会到他想望的女子加拉梯亚(Galatea)感觉了爱佛洛达代(Aphrodite)灵感的芳品,等她变成了玫瑰似的真实的美人,他的恋爱方才花蕾似的怒放开张了热情的绿叶,围绕着她的妙彩。

如其海伦(Helen)女从不曾到易列姆(Ilium)城去过如其引诱屈老安(Troy)人最后的覆灭的只是她的鬼影,巴黎士(Paris)就不是恋爱着;他的热情只是作伪。

我们只爱我们所知晓的。一个女神,我们远远的礼拜;将她放在石座上;在她的座前焚香,对着她举手祷告——低着头,跪在地上。但崇拜与敬礼却不是恋爱。我们爱一个女子——一个众恶的,愆尤的,无常

57

心的,易变的,不依理的,可怜悯的,善心的,仁恕的很人道的女子。不是女子,却是一个女子。

除非她到我的面前,展着她的两臂对着我,我从不想着恋爱。除非她的面庞贴近了我的,我从不相信恋爱是何等的境界。除非我的口唇与她的口唇在亲吻中联合了,综集了所有的生命,我从不明白恋爱是什么。

如此所以如其她不是我的,她就等于无有。如其我配合不上她,我也等于无有,我决意要取得她。

我决意要取得她,就使我的身躯丢失在火焰里,我的残毁的翼子永远在无尽的黑夜里振悸,我决意取得她。

载北京《晨报五周年纪念增刊》1923 年 12 月 1 日

阿 嘤

那天放在一只麻线扎口的蒲包里带回家的时候，阿嘤简直像是一只小刺猬，毛松松的拳成一堆，眼不敢向上望，也不敢叫。一天也没有听她叫，不见她跑动，你放她在什么地方她就呆着，沙发上，床上，木凳上，老是那可怜相儿的偎着，满不敢挪窝儿。结果是谁也没有夸她的。弄这么一个破猫来，又瘦，又脏，又不活动，从厨房到闺房，阿嘤初到时结不到一点人缘。尖嘴猫就会偷食，厨房说。大热天来了这脏猫满身是跳蚤的多可厌，闺房说。但老太太最耽心的是楼下客厅里窗台上放着的那只竹丝笼子里老何的小芙，她立刻吩咐说，明儿赶快得买一根长长的铁丝，把那笼子给吊了起来。吃了我的小鸟我可不答应！小芙最近就有老太太疼她。因为在楼下，老太太每天一醒过来就听得他地朝阳中发狂似的欢唱。给鸟加食换水了没有，每天她第一声开口就顾到鸟。有白菜没有，给他点儿。小芙就爱白菜在他的笼丝上嵌着。他侧着他的小脑袋，尖着嘴，亮着眼，单这望望就够快活心的。有时她撕着一块一口吞不下的菜叶，小嘴使劲的往上抬，脖子压得都没有了，倒像是他以为菜是滴溜得可以直着嗓子咽的。你小芙是可爱；自从那天在马路边乡下人担子上亮开嗓子逗我们带他回家以来，已经整整有六个月。谁也不如他那样的知足，啄一点清水，咬几颗小米，见到光亮就制止不住似倾泻地狂欢，直唱得听的人都愁他的小嗓子别叫炸了。他初来时最得太太的疼惜，每天管着他的吃喝洗澡晒太阳。阿秀一天挨了骂为的是忘了把他从阳台上收进来叫阵头雨给淋着了，可怜的小芙，叫雨浇得半根毛都直不起来，动着小翅膀直抖索。太太疼他且比疼人还疼得多，一点儿小鸟有什么好，倒害我挨骂，准有一天来个黄鼠狼或是野猫把他一口给吃了去的！阿秀挨了骂到厨房去不服气，就咒小芙。

近来小芙是老太太的了。所以阿嚛一进门，老太太一端详她的嘴脸就替小芙发生恐慌。这小猫是新停的奶又是这怕事相也许不至闹乱子吧，我当然回护阿嚛。

但到了第二天阿秀的报告来时我也有点不放心了。原来她下楼去一见鸟笼就跳脱了阿秀的手跑去到笼子边蹲着，小芙一见就着了慌，豁开了好久不活动的小翅膀满笼子乱扑。阿嚛更觉得好玩了，她伸出一只前脚到笼丝上去拨着玩儿，这来阿秀吓得一把抱了她直跑上楼。噢——吓得我，阿秀说。

这新闻一传到厨房，那小天井里自来水管脚边成天卖弄着步法的三个小鸭子也起了恐慌。吓，吓，他们摇着稍尾挤做一团，表示他们是弱小民族。但这话当然过于夸张阿嚛的威风。实际上她一辈子就没有发作过她的帝国主义的根性。

她第二天就大大的换了样是真的。勒粟尔的一洗把她洁白的一身毛从灰黑中救出来，这使她增了不少的美观。嘴都不像昨儿那样尖了似的。模样儿一俊，行动也爽荡了：跳上沙发，伸一个懒腰，拱一个背，打一个呵欠，猛然一凝神，忽的又窜下了地，一溜烟不见了。再见她是在挂帘上玩把戏，一个苍蝇在她的尾尖上掠过，她舍了窗帘急转身追那小光棍,蝇子没追着,倒啃住了自个儿的尾巴。回头一玩儿俙,她就慢腾腾地漫步过来偎着太太躺下了,手一摸她的脖子她就用不放爪的前脚捧住了舔。这不由人不爱。"我也喜欢她了。"太太,本来不爱猫的,也叫阿嘤可爱的淘气给软化了。

她晚上陪着太太睡。绵似的一团窝在人的脚边。昨晚我去睡的时候,见她睡在小房间的床上,小脑袋枕着一条丝绒的围巾,匀匀的打着呼。一切都是安静的。

但今天早上发生了绝大的悲惨。老何手提着小芙的笼子,直说"完了,完了"。笼子放在楼梯边一只小桌上,笼丝上挂着三片淡金色的羽毛。笼丝也折断了两根,什么都完了,可是一点儿血迹都没有。"我说猫一进门鸟笼子就该悬中吊着不是?"老何咕哝着,仿佛有人反对过那个主意。老太太不是打前儿个就吩咐要买铁丝吊起笼子的吗?老何是太忙了,也许是太爱闲躺着,铁丝儿三天没有买,再买也来不及了。得,玩儿完!

"阿呀",厨房里又响起一阵惊叫的声音。"我那三只鸭儿呢,怎么的不见了?"厨娘到天井去洗菜才发见那弱小民族的灾难。"好,一个芙蓉,外加三个鸭子,好大胃口,别瞧她个儿小,真可以的!"老何手捻着小芙的遗毛,嗓子都哑了。"我早知道尖嘴的一定是贼",厨娘气红了脸心里盘算着她无端遭受的损失:买来时花了四毛半小洋,还费了多少话才讲下的价。再过两个月每只准有二斤吧,一块钱卖不到,八角钱一只总值的,三八二圆四,这损失问谁算去。况且那三条小性命,黄葱葱的一天肥似一天,生生的叫那贼猫给吃得脬肝都不剩一个,多造孽!下次再也不上当了。厨娘下回再也不上当了。

老太太听见了闹声也起床出房来问是什么事。可是这还用得着问

61

吗？单看了老何手掌心里托着的三片黄油油的毛就够叫软心的老太太掉眼泪，还有什么问的？完了，早上醒过来他那欢迎光明的歌声，直唱得满屋子都是快活，谁听了都觉得爽气，觉得这日子是有意思的，还有他那机灵的小跳动，从这边笼丝飞扑到那边笼丝，毛彩那样美，眼珠那样亮，尤其开口唱的时候小脖下一鼓一鼓的就像是有无数精圆珠子往外流着——得，全没了，玩儿完！老太太怎样能不眼红？鸭子倒是小事，养肥了也是让人吃，到猫肚子去与到人肚子去显不了多少分别，老太太不明白厨娘为什么也要眼红，可是小芙——那多惨多美的一条小性命叫一个贪心的贼强盗给劫了去，早上的太阳都显得暗些似的。"阿秀呢？"老太太问。阿秀还睡着没有起，她昨晚睡得迟。阿秀也昏，不该把小芙放在这地方正方便贼。可怜的小芙！

老太太为公理起见再也不说话就上楼去捉贼。贼！她进小房间见阿嘤在床上睡得美美的，一发火就骂。阿嘤从甜梦中惊醒了仰头一看神情不对，眼睛里也露着慌张。"一看就知道你是贼！倒有你的，我饶了你才怪哪！"慈悲的老太太一伸手就抓住了阿嘤的领毛就带了她下楼；从老何手里要过那三片毛来给放在笼边，拿阿嘤脑袋抵笼丝叫她闻着那毛片的美味，然后腾出一支手来结实地收拾那逮着了的刑事犯。你吃，你吃！还我的小芙来！贼猫，看你小心眼倒不小，叫得多美的一只鸟被你毁了。

阿嘤急得直叫，可是她的叫实在比不上小芙的。也许是讨饶，也许是喊冤，小爪子在笼边直抓，脑袋都让打昏了。

这一闹阿秀也给惊醒了，昨晚最迟的那一个。她一下来直说"不对不对，不是她！"原来昨晚半夜里她见一只大黑猫在楼梯边亮着灯笼似的两只大眼，吓得她往屋子里躲。害命的准是那大贼，这小猫哪吃得了许多,昨儿给她一根小鸡骨头她都咬不烂哪!老太太放了手,阿嘤飞也似地逃了去。"怪不得,我说这点儿小猫会有那胃口,三个鸭子,一只鸟,又吃得那干净。"老何还是咕哝着。

回头太太给阿嘤的脖子上围上一根美美的红绒,算是给她披红的意思。小芙的破笼子还在楼下放着。

载上海《美周》第 4 期人体专号(1929 年 8 月 22 日)

徐志摩人生感悟

吹胰子泡

小粲粉嫩的脸上,流着两道泪沟,走来对他娘说:"所有的好东西全没有了,全破了。我方才同大哥一起吹胰子泡,他吹一个小的我也吹一个小的;他吹一个大的,我也吹一个大的。有的飞了上去,有的闪下地去,有的吹得太大了,涨破了。大哥说他们是白天的萤火虫,一会儿见,一会儿不见。我说他们是仙人球,上面有仙女在那里画花,你看,红的,绿的,青的,白的,多么好看,但是仙女的命多是很短,所以一会儿就不见了。后来我们想吹一个顶大的,顶大顶圆顶好看的球,上面要有许多画花的仙女,十个,二十个,还不够,吹成功了,慢慢的放上天去(那时候天上刚有一大块好看的红云,那便是仙女的家),岂不是好?我们,我同大哥,就慢慢的吹,慢慢的换气,手也顶小心的,拿着麦管子,一动也不敢动,我几乎笑了,大哥也快笑了,球也慢慢的大了,像圆的鸽蛋,像圆的鸡蛋,像圆的鸭蛋,像圆的鹅蛋,(妈,鹅蛋不是比鸭蛋大吗?)像妹妹的那个大皮球;球大了,花也慢慢多了,仙女到得也多了,那球老是轻轻的动着,像发抖,我想一定是那些仙女看了我们迸着气,板着脸,鼓着腮帮子,太可笑的样子,在那里笑话我们,像妹妹一样的傻笑,可没有声音。后来奶奶在旁边说好了,再吹就破了,我们就轻轻的把嘴唇移开了麦管口,手发抖,脚也不敢动,好容易把那麦管口挂着的好宝贝举起来——真是宝贝,我们乐极了,我们就轻轻的把那满是仙女的球往空中一掷,赶快仰起一双嘴,尽吹,可是妈呀,你不能张着口吹,直吹球就破,你得把你那口圆成一个小圆洞儿再吹,那就不破了。大哥吹得比我更好。他吹,我也吹,他又吹,吹得那盏五彩的灯儿摇摇摆摆的,上上下下的,尽在空中飞着,像个大花蝶。我呀,又着急,又乐,又要笑,又不敢笑开口,开口一吹球儿就破。奶妈看得也笑了。妹子奶妈抱着,也乐疯了,尽伸着一双小手想去抓那球,——她老爱抓花蝶儿——可没有抓到。竹子也笑了,笑得摇头弯腰的。

　　球飞到了竹子旁边险得狠,差一点让扎破了。那球在太阳光里溜着,真美,真好看。那些仙女画好了,都在那里拉着手儿跳舞,跳的是仙女舞,真好看。我们正吹得浑身都痛,想把他吹上天去,那儿知道出乱子了,我们的花厅前面不是有个燕子窝,他们不是早晚尽闹,那只尾巴又细又白的,真不知趣,早不飞,晚不飞,谁都不愿意他飞,他到飞了出来,一飞呀就捣乱,他开着口,一面叫,一面飞,他那张贫嘴,刚好撞着快飞上天的球儿,一撞呀,什么球呀,蛋呀,蝴蝶呀,画呀,仙女呀,笑呀,全没有了,全不见了,全让那白燕的贫嘴吞了下去,连仙女都吞了!妈呀,你看可气不可气,我就哭了!"

载上海《美周》第 4 期人体专号(1929 年 8 月 22 日)

徐志摩人生感悟

我的祖母之死

一

　　一个单纯的孩子，过他快活的时光，与匆匆的，活泼泼的，何尝识别生存与死亡？

　　这四行诗是英国诗人华茨华斯(William Wordsworth)一首有名的小诗叫做"我们是七人"(We Are Seven)的开端，也就是他的全诗的主意。这位爱自然，爱儿童的诗人，有一次碰着一个八岁的小女孩，发卷蓬松的可爱，他问她兄弟姊妹共有几人，她说我们是七个，两个在城里，两个在外国，还有一个姊妹一个哥哥，在她家里附近教堂的墓园里埋着。但她小孩的心理，却不分清生与死的界限，她每晚携着她的干点心与小盘皿，到那墓园的草地里，独自的吃，独自的唱，唱给她的在土堆里眠着的兄姊听，虽则他们静悄悄的莫有回响，她烂漫的童心却不曾感到生死间有不可思议的阻隔；所以任凭华翁多方的譬解，她只是睁着一双灵动的小眼，回答说：

　　"可是，先生，我们还是七人。"

二

其实华翁自己的童真,也不让那小女孩的完全:他曾经说"在孩童时期,我不能相信我自己有一天也会得悄悄的躺在坟里,我的骸骨会得变成尘土"。又一次他对人说"我做孩子时最想不通的,是死的这回事将来也会得轮到我自己身上"。

孩子们天生是好奇的,他们要知道猫儿为什么要吃耗子,小弟弟从那里变出来的,或是究竟先有鸡还是先有鸡蛋;但人生最重大的变端——死的现象与实在,他们也只能含糊的看过,我们不能期望一个个小孩子们都是搔头穷思的丹麦王子。他们临到丧故,往往跟着大人啼哭;但他只要眼泪一干,就会到院子里踢毽子,赶蝴蝶,就使在屋子里长眠不醒了的是他们的亲爹或亲娘,大哥或小妹,我们也不能盼望悼死的悲哀可以完全翳蚀了他们稚羊小狗似的欢欣。你如其对孩子说,你妈死了,你知道不知道——他十次里有九次只是对着你发呆;但他等到要妈叫妈,妈偏不应的时候,他的嫩颊上就会有热泪流下。但小孩天然的一种表情;往往可以给人们最深的感动。我生平最忘不了的一次电影,就是描写一个小孩爱恋已死母亲的种种天真的情景。她在园里看种花,园丁告诉她这花在泥里,浇下水去,就会长大起来。那天晚上天下大雨,她睡在床上,被雨声惊醒了,忽然想起园丁的话,她的小脑筋里就发生了绝妙的主意。她偷偷的爬出了床,走下楼梯,到书房里去拿下桌上供着的她死母的照片,一把揣在怀里,也不顾倾倒着的大雨,一直走到园里,在地上用园丁的小锄掘松了泥土,把她怀里的亲妈,谨慎的取了出来,栽在泥里,把松泥掩护着;她做完了工就蹲在那里守候—— 一个三四岁的女孩,穿着白色的睡衣,在深夜的暴雨里,蹲在露天的地上，专心笃意的盼望已经死去的亲娘，像花草一般，从泥土里发长出来！

三

我初次遭逢亲属的大故，是二十年前我祖父的死，那时我还不满六岁。那是我生平第一次可怕的经验，但我追想当时的心理，我对于死的见解也不见得比华翁的那位小姑娘高明。我记得那天夜里，家里人吩咐祖父病重，他们今夜不睡了，但叫我和我的姊妹先上楼睡去，回头要我们时他们会来叫的。我们就上楼去睡了，底下就是祖父的卧房，我那时也不十分明白，只知道今夜一定有很怕的事，有火烧，强盗抢，做怕梦，一样的可怕。我也不十分睡着，只听得楼下的急步声，碗碟声，唤婢仆声，隐隐的哭泣声，不息的响着。过了半夜，他们上来把我从睡梦里抱了下去，我醒过来只听得一片的哭声，他们已经把长条香点起来，一屋子的烟，一屋子的人，围拢在床前，哭的哭，喊的喊，我也挶了过去，在人丛里偷看大床里的好祖父。忽然听说醒了醒了，哭喊声也歇了，我看见父亲爬在床里，把病父抱持在怀里，祖父倚在他的身上，双眼紧闭着，口里衔着一块黑色的药物他说话了，很清的声音，虽则我不曾听明他说的什么话，后来知道他经过了一阵昏晕，他又醒了过来对家人说："你们吃吓了，这算是小死。"他接着又说了好几句话，随讲音随低，呼气随微，去了，再不醒了，但我却不曾亲见最后的弥留，也许是我记不起，总之我那时早已跪在地板上，手里擎着香，跟着大众高声的哭喊了。

四

此后我在亲戚家收殓虽则看得不少,但死的实在的状况却不曾见过。我们念书人的幻想力是较比的丰富,但往往因为有了幻想力,就不管生命现象的实在,结果是书呆子,陆放翁说的"百无一用是书生"。人生的范围是无穷的:我们少年时精力充足什么都不怕尝试,只愁没有出奇的事情做,往往抱怨这宇宙太窄,青天太低,大鹏似的翅膀飞不痛快,但是……但是平心的说,且不论奇的,怪的,特别的,离奇的,我们姑且试问人生里最基本的事实,最单纯的,最普遍的,最平庸的,最近人情的经验,我们究竟能有多少的把握,我们能有多少深澈的了解,我们是否都亲身经历过? 譬如说:生产,恋爱,痛苦,悲,死,妒,恨,快乐,真疲倦,真饥饿,渴,毒焰似的渴,真的幸福,冻的刑罚,忏悔,种种的情热。我可以说,我们平常人生观,人类,人道,人情,真理,哲理,本能等等名词不离口吻的念书人们,什么文学家,什么哲学家——关于真正人生基本的事实的实在,知道的——恐怕是极微至鲜,即使不等于圆圈。我有一个朋友,他和他夫人的感情极厚,一次他夫人临到难产,因为在外国,所以进医院什么都得他自己照料,最后医生宣言只有用手术一法,但性命不能担保,他没有法子,只好和他半死的夫人诀别(解剖时亲属不准在旁的)。满心毒魔似的难受,他出了医院,走在道上,走上桥去,像得了离魂病似的,心脉舂臼似的跳着,最后他听着了教堂和缓的钟声,他就不自主的跟着钟声,进了教堂,跟着在做礼拜的跪着,祷告,忏悔,祈求,唱诗,流泪(他并不是信教的人),他这样的捱过时刻,后来回转医院时,一步步都是惨酷的磨难,比上刑场的犯人,加倍的难受,他怕见医生与看护妇,仿佛他的运命是在他们的手掌里握着。事后他对人说"我这才知道了人生一点子的意味"!

五

所以不曾经历过精神或心灵的大变的人们,只是在生命的户外徘徊,也许偶尔猜想到几分墙内的动静,但总是浮的浅的,不切实的,甚至完全是隔膜的。人生也许是个空虚的幻梦,但在这幻象中,生与死,恋爱与痛苦,毕竟是陡起的奇峰,应得激动我们彷徨者的注意,在此中也许有可以感悟到一些幻里的真,虚中的实,这浮动的水泡不曾破裂以前,也应得饱吸自由的日光,反射几丝颜色!

我是一只不羁的野驹,我往往纵容想像的猖狂,诡辩人生的现实;比如凭藉凹折的玻璃,觉察当前景色。但时而复再,我也能从烦嚣的杂响中听出清新的乐调,在眩耀的杂彩里,看出有条理的意匠。这次祖母的大故,老家庭的生活,给我不少静定的时刻,不少深刻的反省。我不敢说我因此感悟了部份的真理,或是取得了若干的智慧;我只能说我因此与实际生活更深了一层的接触,益发激动我对于人生种种好奇的探讨,益发使我惊讶这迷谜的玄妙,不但死是神奇的现象,不但生命与呼吸是神奇的现象,就连日常的生活与习惯与迷信,也好像放射着异样的光闪,不容我们擅用一两个形容词来概状,更不容我们昌言什么主义来抹煞——一个革新者的热心,碰着了实在的寒冰!

六

我在我的日记里翻出一封不曾写完不曾付寄的信,是我祖母死后第二天的早上写的。我那时在极强烈的极鲜明的时刻内，很想把那几日经过感想与疑问，痛快的写给一个同情的好友，使他在数千里外也能分尝我强烈的鲜明的感情。那位同情的好友我选中了通伯，但那封信却只起了一个呆重的头，一为丧中忙，二为我那时眼热不耐用心，始终不曾写就，一直捱到现在再想补写，恐怕强烈已经变弱，鲜明已经透暗，逃亡的囚逋，不易追获的了。我现在把那封残信录在这里，再来追摹当时的情景。

　　通伯：我的祖母死了！从昨夜十时半起，直到现在，满屋子只是号啕呼抢的悲音。与和尚道士女僧的礼忏鼓磬声。二十年前祖父丧时的情景。如今又在眼前了。忘不了的情景！你愿否听我讲些？

　　我一路回家，怕的是也许已经见不到老人，但老人却在生死的交关仿佛存心的弥留着，等待她最钟爱的孙儿——即不能与他开言诀别，也使他尚能把握她依然温暖的手掌，抚摩她依然跳动着的胸怀。凝视她依然能自开自阖虽则不再能表情的目睛。她的病是脑充血的一种，中医称为"卒中"(最难救的中风)。她十日前在暗房里踬仆倒地，从此不再开口出言，登仙似的结束了她八十四年的长寿，六十年良妻与贤母的辛勤，她现在已经永远的脱辞了烦恼的人间，还归她清净自在的来处。我们承受她一生的厚爱与荫泽的儿孙，此时亲见，将来追念，她最后的神化，不能自禁中怀的摧痛，热泪暴雨似的盆涌，然痛心中却亦隐有无穷的赞美，热泪中依稀想见她功成德备的微笑，无形中似有不朽的灵光，永远的临照她绵衍的后裔……

71

七

　　旧历的乞巧那一天，我们一大群快活的游踪，驴子灰的黄的白的，轿子四个脚夫抬的，正在山海关外，纡回的，曲折的绕登角山的栖贤寺，面对着残坍的长城，巨虫似的爬山越岭，隐入烟霭的迷茫。那晚回北戴河海滨住处，已经半夜，我们还打算天亮四点钟上莲峰山去看日出，我已经快上床，忽然想起了，出去问有信没有，听差递给我一封电报，家里来的四等电报。我就知道不妙，果然是"祖母病危速回"！我当晚就收拾行装，赶早上六时车到天津，晚上才上津浦快车。正嫌路远车慢，半路又为水发冲坏了轨道过不去，一停就停了十二点钟有余，在车里多过了一夜，直到第三天的中午方才过江上沪宁车。这趟车如其准点到上海，刚好可以接上沪杭的夜车，谁知道又误了点，误了不多不少的一分钟，一面我们的车进站，他们的车头乌的一声叫，别断别断的去了！我若然是空身子，还可以冒险跳车，偏偏我的一双手又被行李雇定了，所以只得定着眼睛送它走。

　　所以直到八月二十二日的中午我方才到家。我给通伯的信说"怕是已经见不着老人"，在路上那几天真是难受，缩不短的距离没有法子，但是那急人的水发，急人的火车，几面凑拢来，叫我整整的迟一昼夜到家！试想病危了的八十四岁的老人，这二十四点钟不是容易过的，说不定她刚巧在这个期间内有什么动静，那才叫人抱憾哩！但是结果还算没有多大的差池——她老人家还在生死的交关等着！

八

奶奶——奶奶——奶奶!奶——奶!你的孙儿回来了,奶奶!没有回音。老太太阖着眼,仰面躺在床里,右手拿着一把半旧的雕翎扇很自在的扇动着。老太太原来就怕热,每年暑天总是扇子不离手的,那几天又是特别的热。这还不是好好的老太太,呼吸顶匀净的,定是睡着了,谁说危险!奶奶,奶奶!她把扇子放下了,伸手去摸着头顶上挂着的冰袋,一把抓得紧紧的,呼了一口长气,像是暑天赶道儿的喝了一碗凉汤似的,这不是她明明的有感觉不是?我把她的手拿在我的手里,她似乎感觉我手心的热,可是她也让我握着,她开眼了!右眼张得比左眼开些,瞳子却是发呆,我拿手指在她的眼前一挑,她也没有瞬,那准是她瞧不见了——奶奶,奶奶,——她也真没有听见,难道她真是病了,真是危险,这样爱我疼我宠我的好祖母,难道真会得……我心里一阵的难受,鼻子里一阵的酸,滚热的眼泪就迸了出来。这时候床前已经挤满了人,我的这位,我的那位,我一眼看过去,只见一片惨白忧愁的面色,一双双装满了泪珠的眼眶。我的妈更看的憔悴。她们已经伺候了六天六夜,妈对我讲祖母这回不幸的情形,怎样的她夜饭前还在大厅上盼咐事情,怎样的饭后进房去自己擦脸,不知怎样的闪了下去,外面人听着响声才进去,已经是不能开口了,怎样的请医生,一直到现在还没有转机……

一个人到了天伦骨肉的中间,整套的思想情绪,就变换了式样与颜色。你的不自然的口音与语法没有用了;你的耀眼的袍服可以不必穿了;你的洁白的天使的翅膀,预备飞翔出人间到天堂的,不便在你的

73

慈母跟前自由的开豁；你的理想的楼台亭阁，也不易轻易的放进这二百年的老屋；你的佩剑，要塞，以及种种的防御，在争竞的外界即使是必要的，到此只是可笑的累赘。在这里，不比在其余的地方，他们所要求于你的，只是随熟的声音与笑貌，只是好的，纯粹的本性，只是一个没有斑点子的赤裸裸的好心。在这些纯爱的骨肉的经纬中心，不由得你不从你的天性里抽出最柔糯亦最有力的几缕丝线来加密或是缝补这幅天伦的结构。

所以我那时坐在祖母的床边，含着两朵热泪，听母亲叙述她的病况，我脑中发生了异常的感想，我像是至少逃回了二十年的光阴，正如我膝前子侄辈一般的高矮，回复了一片纯朴的童真，早上走来祖母的床前，揭开帐子叫一声软和的奶奶，她也回叫了我一声，伸手到里床去摸给我一个蜜枣或是三片状元糕，我又叫了一声奶奶，出去玩了，那是如何可爱的辰光，如何可爱的天真，但如今没有了，再也不回来了。现在床里躺着的，还不是我的亲爱的祖母，十个月前我伴着到普陀登山拜佛清健的祖母，但现在何以不再答应我的呼唤，何以不再能表情，不再能说话，她的灵性那里去了，她的灵性那里去了？

九

一天，一天，又是一天——在垂危的病榻前过的时刻，不比平常飞驶无碍的光阴，时钟上同样的一声嗒，直接的打在你的焦急的心里，给你一种模糊的隐痛——祖母还是照样的眠着，右手的脉自从起病以来已是极微仅有的，但不能动掸的却反是有脉的左侧，右手还是不时在挥扇，但她的呼吸还是一例的平匀，面容虽不免瘦削，光泽依然不

74

臧,并没有显着的衰象,所以我们在旁边看她的,差不多每分钟都盼望她从这长期的睡眠中醒来,打一个哈欠,就开眼见人,开口说话——果然她醒了过来,我们也不会觉得离奇,像是原来应当似的。但这究竟是我们亲人绝望中的盼望,实际上所有的医生,中医,西医,针医,都已一致的回绝,说这是"不治之症",中医说这脉象是凭证,西医说脑壳里血管破裂,虽则植物性机能——呼吸,消化——不曾停止,但言语中枢已经断绝——此外更专门更玄学更科学的理论我也记不得了。所以暂时不变的原因,就在老太太本来的体元太好了,拳术家说的"一时不能散工",并不是病有转机的兆头。

我们自己人也何尝不明白这是个绝症;但我们却总不忍自认是绝望:这"不忍"便是人情。我有时在病榻前,在凄悒的静默中,发生了重大的疑问。科学家说人的意识与灵感,只是神经系最高的作用,这复杂,微妙的机械,只要部分有了损伤或是停顿,全体的动作便发生相当的影响;如其最重要的部分受了扰乱,他不是变成反常的疯癫,便是完全的失去意识。照这一说,体即是用,离了体即没有用;灵魂是宗教家的大谎,人的身体一死什么都完了。这是最甘脆不过的说法,我们活着时有这样有那样已经尽够麻烦,尽够受,谁还有兴致,谁还愿意到坟墓的那一边再去发生关系,地狱也许是黑暗的,天堂是光明的,但光明与黑暗的区别无非是人类专擅的假定,我们只要摆脱这皮囊,还归我清静,我就不愿意头戴一个黄色的空圈子,合着手掌跪在云端里受罪!

再回到事实上来,我的祖母——一位神智最清明的老太太——究竟在那里?我既然不能断定因为神经部分的震裂她的灵感性便永远的消灭,但同时她又分明的失却了表情的能力,我只能设想她人格的自

徐志摩人生感悟

觉性,也许比平时消澹了不少,却依旧是在着,像在梦魇里将醒未醒时似的,明知她的儿女孙曾不住的叫唤她醒来,明知她即使要永别也总还有多少的嘱咐,但是可怜她的睛球再不能反映外界的印象,她的声带与口舌再不能表达她内心的情意,隔着这脆弱的肉体的关系,她的性灵再不能与她最亲的骨肉自由的交通——也许她也在整天整夜的伴着我们焦急,伴着我们伤心,伴着我们出泪,这才是可怜,这才真叫人悲戚哩!

十

到了八月二十七那天,离她起病的第十一天,医生吩咐脉象大大的变了,叫我们当心,这十一天内每天她只咽入很困难的几滴稀薄的米汤,现在她的面上的光泽也不如早几天了,她的目眶更陷落了,她的口部的筋肉也更宽驰了,她右手的动作也减少了,即使拿起了扇子也不再能很自然的扇动了——她的大限的确已经到了。但是到晚饭后,反是没有什么显象。同时一家人着了忙,准备寿衣的,准备冥银的,准备香灯等等的。我从里走出外,又从外走进里,只见匆忙的脚步与严肃的面容。这时病人的大动脉已经微细的不可辨,虽则呼吸还不至怎样的急促。这时一门的骨肉已经齐集在病房里,等候那不可避免的时刻。到了十时光景,我和我的父亲正坐在房的那一头一张床上,忽然听得一个哭叫的声音说——"大家快来看呀,老太太的眼睛张大了!"这尖锐的喊声,仿佛是一大桶的冰水浇在我的身上,我所有的毛管一齐竖了起来,我们踉跄的奔到了床前,挤进了人群。果然,老太太的眼睛张大了,张得很大了!这是我一生从不曾见过,也是我一辈子忘不了的眼见的神奇（恕罪我的描写！）。不但是两眼，面容也是绝对的神变了(Transfigured)：她原来皱缩的面上，发出一种鲜润的彩泽，仿佛半瘀的血脉，又一度满充了生命的精液，她的口，她的两颊，也都回复了异样的丰润；同时她的呼吸渐渐的上升，急进的短促，现在已经几乎脱离了气管，只在鼻孔里脆响的呼出了。但是最神奇不过的是一只眼睛！她的瞳孔早已失去了收敛性，呆顿的放大了。但是最后那几秒钟！不但眼眶是充分的张开了，不但黑白分明，瞳孔锐利的紧敛了，并且放射着一种不可形容，不可信的辉光，我只能称他为"生命最集中的灵光"！这时候床前只是一片的哭声，子媳唤着娘，孙子唤着祖母，婢仆争喊着老太太，几个稚龄的曾孙，也跟着狂叫太太……但老太太最后的开眼，仿佛是与她亲爱的骨肉，作无言的诀别，我们都在号泣的送终，她也安慰了，她放心的去了。在几秒时内，死的黑影已经移上了老人的面部，遏灭了生命的异彩，她最后的呼气，正似水泡破裂，电光杳灭，菩提的一响，生命呼出了窍，什么都止息了。

十一

我满心充塞了死象的神奇，同时又须雇管我有病的母亲，她那时出性的号啕，在地板上滚着，我自己反而哭不出来；我自己也觉得奇怪，眼看着一家长幼的涕泪滂沱，耳听着狂沸似的呼抢号叫，我不但不发生同情的反应，却反而达到了一个超感情的，静定的，幽妙的意境，我想像的看见祖母脱离了躯壳与人间，穿着雪白的长袍，冉冉的上升天去，我只想默默的跪在尘埃，赞美她一生的功德，赞美她一生的圆寂。这是我的设想！我们内地人却没有这样纯粹的宗教思想；他们的假定是不论死的是高年厚德的老人或是无知无愆的幼孩,或是罪大恶极的凶人,临到弥留的时刻总是一例的有无常鬼,摸壁鬼,牛头马面,赤发獠牙的阴差等等到门,拿着镣链枷锁,来捉拿阴魂到案。所以烧纸帛是平他们的暴戾,最后的呼抢是没奈何的诀别。这也许是大部分临死时实在的情景,但我们却不能概定所有的灵魂都不免遭受这样的凌辱。譬如我们的祖老太太的死,我只能想像她是登天,只能想像她慈祥的神化——像那样鼎沸的号啕,固然是至性不能自禁,但我总以为不如匐伏隐泣或祷默,较为近情,较为合理。

理智发达了,感情便失了自然的浓挚;厌世主义的看来,眼泪与笑声一样是空虚的,无意义的。但厌世主义姑且不论,我却不相信理智的发达,会得妨碍天然的情感;如其教育真有效力,我以为效力就在剥削了不合理性的"感情作用",但决不会有损真纯的感情;他眼泪也许比一般人流得少些,但他等到流泪的时候,他的泪才是应流的泪。我也是智识愈开流泪愈少的一个人,但这一次却也真的哭了好几次。一次是伴我的姑母哭的,她为产后不曾复元,所以祖母的病一直瞒着她,一直到了祖母故后的早上方才通知她。她扶病来了,她还不曾下轿,我已经听出她在啜泣,我一时感觉一阵的悲伤,等到她出轿放声时,我也在房中嘘唏不住。又一次是伴祖母当年的赠嫁婢哭的。她比祖母小十一岁,今年七十三岁,亦已是个白发的婆子,她也来哭她的"小姐",她是见着我祖母的花烛的唯一个人,她的一哭我也哭了。

再有是伴我的父亲哭的。我总是觉得一个身体伟大的人,他动情感的时候,动人的力量也比平常人伟大些。我见了我父亲哭泣,我就忍不住要伴着淌泪。但是感动我最强烈的几次,是他一人倒在床里,反覆的啜泣着,叫着妈,像一个小孩似的,我就感到最热烈的伤感,在他伟大的心胸里浪涛似的起伏,我就感到母子的感情的确是一切感情的起原与总结,等到一失慈爱的荫蔽,仿佛一生的事业顿时莫有了根柢,所有的快乐都不能填平这唯一的缺陷;所以他这一哭,我也真哭了。

但是我的祖母果真是死了吗？她的躯体是的。但她是不死的。诗人勃兰恩德(Bryant)说：

So live,that when thy summons comes to join the innumerable caravan,which moves to that mysterious r-ealm where each one takes his chamber in the silent halls of death,then go not,like the quarry slave at night scourged to his dungeon,but sustained and soothed.

By an unfaltering truth,approach thy grave like one that wraps the drapery of his couch,adout him,and lies down to pleasant dreams.

如果我们的生前是尽责任的,是无愧的,我们就会安坦的走近我们的坟墓,我们的灵魂里不会有惭愧或悔恨的啮痕。人生自生至死,如勃兰恩德的比喻,真是大队的旅客在不尽的沙漠中进行,只要良心有个安顿,到夜里你卧倒在帐幕里也就不怕噩梦来缠绕。

我的祖母,在那旧式的环境里,到我们家来五十九年,真像是做了长期的苦工,她何尝有一日的安闲,不必说子女的嫁娶,就是一家的柴米油盐,扫地抹桌,那一件事不在八十岁老人早晚的心上！我的伯父快近六十岁了,但他的起居饮食,还差不多完全是祖母经管的,初出世的曾孙如其有些身热咳嗽,老太太晚上就睡不安稳;她爱我宠我的深情,更不是文字所能描写；她那深厚的慈荫，真是无所不包，无所不蔽。但她的身心即使劳碌了一生，她的报酬却在灵魂无上的平安；她的安慰就在她的儿女孙曾，只要我们能够步她的前例，各尽天定的责任，她在冥冥中也就永远的微笑了。

十一月二十四日

载北京《晨报五周年纪念增刊》1923 年 12 月 1 日

我的彼得

新近有一天晚上，我在一个地方听音乐，一个不相识的小孩，约莫八九岁光景，过来坐在我的身边，他说的话我不懂，我也不易使他懂我的话，那可并不妨事，因为在几分钟内我们已经是很好的朋友，他拉着我的手，我拉着他的手，一同听台上的音乐。他年纪虽则小，他音乐的兴趣已经很深：他比着手势告我他也有一张提琴，他会拉，并且说那几个是他已经学会的调子。他那资质的敏慧，性情的柔和，体态的秀美，不能使人不爱；而况我本来是欢喜小孩们的。

但那晚虽则结识了一个可爱的小友，我心里却并不快爽；因为不仅见着他使我想起你，我的小彼得，并且在他活泼的神情里我想见了你，彼得，假如你长大的话，与他同年龄的影子。你在时，与他一样，也是爱音乐的；虽则你回去的时候刚满三岁，你爱好音乐的故事，从你襁褓时起，我屡次听你妈与你的"大大"讲，不但是十分的有趣可爱，竟可说是你有天赋的凭证，在你最初开口学话的日子，你妈已经写信给我，说你听着了音乐便异常的快活，说你在坐车里常常伸出你的小手在车栏上跟着音乐按拍；你稍大些会得淘气的时候，你妈说，只要把话匣开上，你便在旁边乖乖的坐着静听，再也不出声不闹——并且你有的是

81

可惊的口味,是贝德花芬是槐格纳你就爱,要是中国的戏片,你便盖没了你的小耳,决意不让无意味的锣鼓,打搅你的清听——你的大大(她多疼你!)讲给我听你得小提琴的故事:怎样那晚上买琴来的时候你已经在你的小床上睡好,怎样她们为怕你起来闹赶快灭了灯亮把琴放在你的床边,怎样你这小机灵早已看见,却偏不作声,等你妈与大大都上了床,你才偷偷的爬起来,摸着了你的宝贝,再也忍不住的你技痒,站在漆黑的床边,就开始你"截桑柴"的本领,后来怎样她们干涉了你,你便乖乖的把琴抱进你的床去,一起安眠。她们又讲你怎样喜欢拿着一根短棍站在桌上模仿音乐会的导师,你那认真的神情常常叫在座人大笑。此外还有不少趣话,大大记得最清楚,她都讲给我听过;但这几件故事已够见证你小小的灵性里早长着音乐的慧根。实际我与你妈早经同意想叫你长大时留在德国学习音乐——谁知道在你的早殇里我们不失去了一个可能的毛赞德(Mozart):在中国音乐最饥荒的日子,难得见这一点希冀的青芽,又教运命无情的脚根踏倒,想起怎不可伤?

彼得,可爱的小彼得,我"算是"你的父亲,但想起我做父亲的往迹,我心头便涌起了不少的感想;我的话你是永远听不着了,但我想借这悼念你的机会,稍稍疏泄我的积愫,在这不自然的世界上,与我境遇相似或更不如的当不在少数,因此我想说的话或许还有人听,竟许有人同情。就是你妈,彼得,她也何尝有一天接近过快乐与幸福,但她在她同样不幸的境遇中证明她的智断,她的忍耐,尤其是她的勇敢与胆量;所以至少她,我敢相信,可以懂得我话里意味的深浅,也只有她,我敢说,最有资格指证或相诠释,在她有机会时,我的情感的真际。

但我的情愫!是怨,是恨,是忏悔,是怅惘?对着这不完全,不如意的人生,谁没有怨,谁没有恨,谁没有怅惘?除了天生颟顸的,谁不曾在他生命的经途中——葛德说的——和着悲哀吞他的饭,谁不曾拥着半夜的孤衾饮泣?我们应得感谢上苍的是他不可度量的心裁,不但在生物的境界中他创造了不可计数的种类,就这悲哀的人生也是因人差异,各各不同,——同是一个碎心,却没有同样的碎痕;同是一滴眼泪,却难寻同样的泪晶。

彼得我爱,我说过我是你的父亲。但我最后见你的时候你才不满四月,这次我再来欧洲你已经早一个星期回去,我见着的只你的遗像,那太可爱;与你一撮的遗灰,那太可惨。你生前日常把弄的玩具——小车,小马,小鹅,小琴,小书——你妈曾经件件的指给我看,你在时穿着的衣褂鞋帽,你妈与你大大也曾含着眼泪从箱里理出来给我抚摩,同时她们讲你生前的故事,直到你的影像活现在我的眼前,你的脚踪仿佛在楼板上踹响。你是不认识你父亲的,彼得,虽则我听说他的名字常在你的口边,他的肖像也常受你小口的亲吻,多谢你妈与你大大的慈爱与真挚,她们不仅永远把你放在她们心坎的底里,她们也使我,没福见着你的父亲,知道你,认识你,爱你,也把你的影像,活泼,美慧,可爱,永远镂上了我的心版。那天在柏林的会馆里,我手捧着那收存你遗灰的锡瓶,你妈与你七舅站在旁边止不住滴泪,你的大大哽咽着,把一个小花圈挂上你的门前——那时间我,你的父亲,觉着心里有一个尖锐的刺痛,这才初次明白曾经有一点血肉从我自己的生命里分出,这才觉着父性的爱像泉眼似的在性灵里汩汩的流出:只可惜是迟了,这慈爱的甘液不能救活已经萎折了的鲜花,只能在他纪念日的周遭永远无声的流转。

彼得,我说我要借这机会稍稍爬梳我年来的郁积;但那也不见得容易;要说的话仿佛就在口边,但你要它们的时候,它们又不在口边:

像是长在大块岩石底下的嫩草,你得有力量翻起那岩石才能把它不伤损的连根起出——谁知道那根长的多深! 是恨,是怨,是忏悔,是怅惘?许是恨,许是怨,许是忏悔,许是怅惘。荆棘刺入了行路人的胫踝,他才知道这路的难走;但为什么有荆棘?是它们自己长着,还是有人成心种着的?也许是你自己种下的?至少你不能完全抱怨荆棘,一则因为这道是你自愿才来走的,再则因为那刺伤是你自己的脚踏上了荆棘的结果,不是荆棘自动来刺你——但又谁知道?因此我有时想,彼得,像你倒真是聪明:你来时是一团活泼、光亮的天真,你去时也还是一个光亮、活泼的灵魂;你来人间真像是短期的作客,你知道的是慈母的爱,阳光的和暖与花草的美丽,你离开了妈的怀抱,你回到了天父的怀抱,我想他听你欣欣的回报这番作客——只尝甜浆,不吞苦水——的经验,他上年纪的脸上一定满布着笑容——你的小脚踝上不曾碰着过无情的荆刺,你穿来的白衣不曾沾着一斑的泥污。

但我们,比你住久的,彼得,却不是来作客;我们是遭放逐,无形的解差永远在后背催逼着我们赶道:为什么受罪,前途是那里,我们始终不曾明白,我们明白的只是底下流血的胫踝,只是这无思的长路,这时候想回头已经太迟,想中止也不可能,我们真的羡慕,彼得,像你那谪期的简净。

在这道上遭受的,彼得,还不止是难,不止是苦,最难堪的是逐步相追的嘲讽,身影似的不可解脱。我既是你的父亲,彼得,比方说,为什么我不能在你的生前,日子虽短,给你应得的慈爱,为什么要到这时候,你已经去了不再回来,我才觉着骨肉的关连?并且假如我这番不到欧洲,假如我在万里外接到你的死耗,我怕我只能看作水面上的云影,来时自来,去时自去:正如你生前我不知欣喜,你在时我不知爱惜,你去时也不能过分动我的情感。我自分不是无情，不是寡恩，为什么我对自身的血肉，反是这般不近情的冷漠？ 彼得，我问为什么，这问的后身便是无限的隐痛：我不能怨，我不能恨，更无从悔，我只是怅惘，我只能问！ 明知是自苦的揶揄，但我只能忍受。而况揶揄还不止此，我自身的父母，何尝不赤心的爱我；但他们的爱却正是造成我痛苦的原因：我自己也何尝不笃爱我的亲亲，但我不仅不能尽我的责任，不仅不曾给他们想望的快乐，我，他们的独子，也不免加添他们的烦愁，造作他们的痛苦，这又是为什么？ 在这里，我也是一般的不能恨，不能怨，更无从悔，我只是怅惘——我只能问。昨天我是个孩子，今天已是壮年；昨天腮边还带着圆润的笑涡，今天头上已见星星的白发；光阴带走的往迹，再也不容追赎，留下在我们心头的只是些揶揄的鬼影；我们在这道上偶尔停步回想的时候，只能投一个虚圈的"假使当初"，解嘲已往的一切。但已往的教训，即使有，也不能给我们利益，因为前途还是不减启程时的渺茫，我们还是不能选择取由的途径——到那天我们无形的解差喝住的时候，我们唯一的权利，我猜想，也只是再丢一个虚圈更大的"假使"，圆满这全程的寂寞，那就是止境了。

载北京《现代评论》第 2 卷第 36 期(1925 年 8 月 15 日)

徐志摩人生感悟

悼沈叔薇

沈叔薇是我的一个表兄,从小同学,高小中学(杭州一中)都是同班毕业的,他是今年九月死的。

叔薇,你竟然死了,我常常的想着你,你是我一生最密切的一个人,你的死是我的一个不可补偿的损失。我每次想到生与死的究竟时,我不定觉得生是可欲,死是可悲,我自己的经验与默察只使我相信生的底质是苦不是乐,是悲哀不是幸福,是泪不是笑,是拘束不是自由:因此从生入死,在我有时看来,只是解化了实体的存在,脱离了现象的世界,你原来能辨别苦乐,忍受磨折的性灵,在这最后的呼吸离窍的俄顷,又投入了一种异样的冒险。我们不能轻易的断定那一边没有阳光与人情的温慰,亦不能设想苦痛的灭绝。但生死间终究有一个不可掩讳的分别,不论你怎样的看法。出世是一件大事,死亡亦是一件大事。一个婴儿出母胎时他便与这生的世界开始了关系,这关系却不能随着他去后的躯壳埋掩,这一生与一死,不论相间的距离怎样的短,不论他生时的世界怎样的仄——这一生死便是一个不可销毁的事实:比如海水每多一次潮涨海滩便多受一次泛滥,我们全体的生命的滩沙里,我想，也存记着最微小的波动与影响……

而况我们人又是有感情的动物。在你活着的时候，我可以携着你的手，谈我们的谈，笑我们的笑，一同在野外仰望天上的繁星，或是共感秋风与落叶的悲凉……叔薇，你这几年虽则与我不易相见，虽则彼此处世的态度更不如童年时的一致，但我知道，我相信在你的心里还留着一部分给我的情意，因为你也在我的胸中永占着相当的关切。我忘不了你，你也忘不了我。每次我回家乡时，我往往在不曾解卸行装前已经亟亟的寻求，欣欣的重温你的伴侣。但如今在你我间的距离，不再是可以度量的里程，却是一切距离中最辽远的一种距离——生与死的距离。我下次重归乡土，再没有机会与你携手谈笑，再不能与你相与恣纵早年的狂态，我再到你们家去，至多只能抚摩你的寂寞的灵帏，仰望你的惨淡的遗容，或是手拿一把鲜花到你的坟前凭吊！

叔薇，我今晚在北京的寓里，在一个冷静的秋夜，倾听着风催落叶的秋声，咀嚼着为你兴起的哀思，这几行文字，虽则是随意写下，不成章节，但在这舒写自来情感的俄顷，我仿佛又一度接近了你生前温驯的，谐趣的人格，仿佛又见着了你瘦脸上的枯涩的微笑——比在生前更谐合的更密切的接近。

我没有多少的话对你说，叔薇，你得宽恕我：当你在世时我们亦很少相互謦吐的机会。你去世的那一天我来看你，那时你的头上，你的眉目间，已经刻画着死的晦色，我叫了你一声叔薇，你也从枕上侧面来回叫我一声志摩，那便是我们在永别前最后的缘分！我永远忘不了那时病榻前的情景！

我前面说生命不定是可喜，死亦不定可畏：叔薇，你的一生尤其不曾尝味过生命里可能的乐趣，虽则你是天生的达观，从不会慕羡虚荣的人间;你如其继续的活着,支撑着你的多病的筋骨,委蛇你无多沾恋的家庭,我敢说这样的生转不如撒手去了的干净!况且你生前至爱的骨肉,亦久已不在人间;你的生身的爹娘,你的过继的爹娘(我的姑母),你的姊姊——可怜娟姊,我始终不曾一度凭吊——还有你的爱妻,他们都在坟墓的那一边满开着他们天伦的怀抱,守候着他们最爱的"老五",共享永久的安闲……

十一月一日早三时你的表弟志摩

载北京《晨报副刊》1924 年 11 月 19 日

读桂林梁巨川先生遗书

前七年也是这秋叶初焦的日子，在城北积水潭边一家临湖的小阁上伏处着一个六十老人；到深夜里邻家还望得见他独自挑着荧荧的灯火，在那小楼上伏案疾书。

有一天破晓时他独自开门出去，投入净业湖的波心里淹死了。那位自杀的老先生就是桂林梁巨川先生，他的遗书新近由他的哲嗣焕鼐与漱溟两先生印成六卷共四册，分送各公共阅览机关与他们的亲友。

遗书第一卷是"遗笔汇存"，就是巨川先生成仁前分致亲友的绝笔，共有十七缄，原迹现存彭冀仲先生别墅楼中(我想一部分应归京师图书馆或将来国立古物院保存)，这里有影印的十五缄。遗书第二卷是先生少时自勉的日记(感叩山房日记节钞一卷)；第三卷侍疾日记是先生侍疾他的老太太时的笔录；第四卷是辛亥年的奏疏与民国初年的公牍；第五卷"伏卵录"是先生从学的札记；末第六卷"别竹辞花记"是先生决心就义前在缨子胡同手建的本宅里回念身世的杂记二十余则，有以"而今不可得矣"句作束的多条。

梁巨川先生的自杀在当时就震动社会的注意。就是昌言打破偶像主义与打破礼教束缚的新青年，也表示对死者相当的敬意，不完全驳斥他的自杀行为。陈独秀先生说他"总算是为救济社会而牺牲自己的生命，在旧历史上真是有数人物……言行一致的……身殉了他的主义"。陶孟和先生那篇《论自杀》是完全一个社会学者的看法；他的态度是严格批评的。陶先生分明是不赞成他自杀的，他说他"政治观念不清，竟至误送性命，够怎样的危险啊"!陶先生把性命看得很重。"自杀的结果是损失一个生命，并且使死者之亲族陷于穷困……影响是及于社会的"。一个社会学家分明不能容许连累社会的自杀行为。"但是梁先生深信自杀可以唤起国民的爱国心"；"为唤醒国民的自杀"，陶先生那篇论文的结句说，"是藉着断绝生命的手段做增加生命的事，岂能有效力吗"?

"岂能有效力吗?"巨川先生去世以来整整有七年了。我敢说我们都还记得曾经有这么一回事。他为什么要自杀?一般人的答话，我猜想，一定说他是尽忠清室，再没有别的了。清室!什么清室!今天故宫博物院展览，你去了没有?坤宁宫里有溥仪太太的相片，长得真不错，还有她的亲笔英文，你都看了没有?那老头多傻!这二十世纪还来尽忠!白白的淹死了一条老命!

同时让我们来听听巨川自表的话——

"我身值清朝之末，故云殉清；其实非以清朝为本位，而以幼年所学为本位。……幼年所闻以对于世道有责任为主义，此主义深印于吾脑中，即以此主义为本位故不容不殉。"

"殉清又何言非本位?曰义者天地间不可歇绝之物，所以保全自身之人格，培补社会之元气，当引为自身当行之事，非因外势之牵迫而为也……诸君试思今日世局因何故而败坏至于此极。正由朝三暮四，反覆无常，既卖旧君，复卖良友，又卖主帅，背弃平时之要约，假托爱国之美名，受金钱收买，受私人嗾使，买刺客以坏长城，因个人而破大局，转移无定,面目腼然。由此推行,势将全国人不知信义为何物,无一毫拥护公理之心,则人既不成为人,国焉能成为国……此鄙人所以自不量力,明知大势难救,而捐此区区,聊为国性一线之存也。"

"……辛亥之役无捐躯者为历史缺憾,数年默审于心,今更得正确理由,曰不实行共和爱民之政(口言平民主义之官僚,锦衣玉食,威福自雄,视人民皆为奴隶,民德堕落,民生蹙穷,南北分裂,实在不成事体),辜负清廷禅让之心。遂于戊午年十月初六夜或初七晨赴积水潭南岸大柳根一带身死……"

由这几节里,我们可以看出巨川先生的自杀,决不是单纯的"尽忠";即使是尽忠,也是尽忠于世道(他自己说)。换句话说,他老先生实在再也看不过革命以来实行的,也最流行的不要脸主义;他活着没法子帮忙,所以决意牺牲自己的性命,给这时代一个警告,一个抗议。"所欲有甚于生者",是他总结他的决心的一句话。

这里面有消息,巨川先生的学力,智力,在他的遗著里可以看出,决不是寻常的;他的思想也绝对不能说叫旧礼教的迷信束缚住了的。不,甚至他的政治观念,虽则不怎样精密,怎样高深,却不能说他(像陶先生说他)是"不清",因而"误送了命"。不,如其曾经有一个人分析他自己的情感与思路的究竟,得到不可避免自杀的结论,因而从容的死去,那个人就是梁巨川先生。他并不曾"误送了"他的命。我们可以相信即使梁先生当时暂缓他的自杀,去进大学校的法科,理清他所有的政治观念(我敢说梁先生就在老年,他的理智摄收力也决不比一个普通法科学生差),结果积水潭大柳根一带还是他的葬身地。这因为他全体思想的背后还闪亮着一点不可错误的什么——随你叫他"天理","义",信念,理想,或是康德的道德范畴——就是孟子说的"甚于生"的那一点,在无形中制定了他最后的惨死。这无形的一点什么,决不是教科书知识所可淹没,更不是寻常教育所能启发的。前天我正在讲起一民族的国民性,我说"到了非常的时候它的伟大的不灭的部分,就在少数或是甚至一二人的人格里要求最集中最不可错误的表现……因此在一个最无耻的时代里往往挺生出一两个最知耻的个人,例如宋末有文天祥,明末有黄梨洲一流人。在他们几位先贤,不比当代看得见的一群遗老与新少,忠君爱国一类的观念脱卸了肤浅字面的意义,却取得了一种永久的象征的意义,……他们是为他们的民族争人格,争'人之所以为人'……在他们性灵的不朽里呼吸着民族更大的性灵"。我写那一段的时候并不曾想起梁巨川先生的烈迹,却不意今天在他的言行里(我还是初次拜读他的遗著),找到了一个完全的现成的例证。因此我觉得我们不能不尊敬梁巨川自杀的那件事实,正因为我们尊敬的不是他的单纯自杀行为的本体,而是那事实所表现的一点子精神。"为唤醒国民的自杀",陶孟和先生说,"是藉着断绝生命的手段做增加生命的事";粗看这话似乎很对,但是话里有语病,就是陶先生拢统的拿生命一个字代表截然不同的两件事:他那话里的第一个生命是指个人躯壳的生存,那是迟早有止境的,他的第二个生命是指民族或社会全体灵性的或精神的生命,那是没有寄居的躯壳同时却是永生不灭的。至于实际上有效力没有效力,那是另外一件事又当别论的。但在社会学家科学的立场看来,他竟许根本否认有精神生命这回事,他批评一切行为的标准只是它影响社会肉眼看得见暂时的效果;我们不能不羡慕他的人生观的简单,舒服,便利,同时却不敢随闻附和。当年钱牧斋也曾立定主意殉国,他雇了一只小船,满载着他的亲友,摇到河身宽阔处死去,但当他走上船头先用手探入河水的时候他忽然发明"水原来是这样冷的"的一个真理，他就赶快缩回了温暖的船舱，原船摇了回去。他的常识多充足，他的头脑多清明！还有吴梅村也曾在梁上挂好上吊的绳子，自己爬上了一张桌子正要把脖子套进绳圈去的时候，他的妻子家人跪在地下的哭声居然把他生生的救了下来。那时候吴老先生的念头，我想竟许与陶先生那篇论文里的一个见解完全吻合："自杀的结果是损失一个生命，并且使死者的亲属陷于穷困之影响是及于社会的"，还是收拾起梁上的绳子好好伴太太吃饭去吧。这来社会学者的头脑真的完全占了实际的胜利，不曾误送人命哩！固然像钱吴一流人本来就没有高尚的品格与独立的思想，他们的行为也只是陶先生所谓方式的，即使当时钱老先生没有怪嫌水冷居然淹了进去，或是吴先生硬得过妻子们的哭声居然把他的脖子套进了绳圈去勒死了——他们的自杀也只当得自杀，只当得与殉夫殉贞节一例看，本身就没有多大精神的价值，更说不上增加民族的精神的生命。但他们这要死又缩回来不死，可真成了笑话——不论它怎样暗合现代社会学家合理的论断。

顺便我倒又想起一个近例。就比如蔡子民先生在彭允彝时代宣言，并且实行他的不合作主义，退出了混浊的北京，到今天还淹留在外国。当初有人批评他那是消极的行为。胡适之先生就在《努力》上发表了一篇极有精彩的文章——《蔡元培是消极吗?》——说明蔡先生的态度正是在那时情况下可能的积极态度，涵有进取的、抗议的精神，正是昏朦时代的一声警钟。就实际看，蔡先生这走的确并不曾发生怎样看得见的效力;现在的政治能比彭允彝时期清明多少是问题，现在的大学能比蔡先生在时干净多少是问题。不，蔡先生的不合作行为并不曾发生什么社会的效果。但是因此我们就能断定蔡先生的出走，就比如梁巨川先生的自杀，是错误吗?不，至少我一个人不这么想。我当时也在《努力》上说了话,我说:"蔡元培所以是个南边人说的'戆大',愚不可及的一个书呆子,卑污苟且社会里的一个最不合时宜的理想者。所以他的话是没有人能懂的;他的行为只有极少数人——如真有——敢表同情的;他的主张,他的理想,尤其是一盆飞旺的炭火,大家怕炙手,如何敢去抓呢?""小人知进而不知退","不忍为同流合污之苟安","不合作","为保持人格起见","生平仅知是非公道,从不以人为单位"——这些话有多少人能懂,有多少人敢懂?这样的一个理想主义者非失败不可,因为理想主义者总是失败的。若然理想胜利,那就是卑污苟且的社会政治失败——那是一个过于奢侈的希望了。

我先前这样想,现在还是这样想。归根一句话,人的行为是不可以一概论的;有的,例如梁巨川先生的自杀,甚至蔡先生的不合作,是精神性的行为,它的起源与所能发生的效果,决不是我们常识所能测量,更不是什么社会的或是科学的评价标准所能批判的。在我们一班信仰(你可以说迷信)精神生命的痴人,在我们还有寸土可守的日子,决不能让实利主义的重量完全压倒人的性灵的表现,更不能容忍某时代迷信(在中世是宗教,现代是科学)的黑影完全淹没了宇宙间不变的价值。

载北京《晨报副刊》1925 年 10 月 12 日

吊刘叔和

　　一向我的书桌上是不放相片的。这一月来有了两张,正对我的坐位,每晚更深时就只他们俩看着我写,伴着我想;院子里偶尔听着一声清脆,有时是虫,有时是风卷败叶,有时,我想像,是我们亲爱的故世人从坟墓的那一边吹过来的消息。伴着我的一个是小,一个是"老":小的就是我那三月间死在柏林的彼得,老的是我们钟爱的刘叔和,"老老"。彼得坐在他的小皮椅上,抿紧着他的小口,圆睁着一双秀眼,仿佛性急要妈拿糖给他吃,多活灵的神情! 但在他右肩的空白上分明题着这几行小字:"我的小彼得,你在时我没福见你,但你这可爱的遗影应该可以伴我终身了。"老老是新长上几根看得见的上唇须,在他那件常穿的缎褂里欠身坐着,严正在他的眼内,和蔼在他的口额间。

　　让我来看。有一天我邀他吃饭,他来电说病了不能来,顺便在电话中他说起我的彼得(在襁褓时的彼得,叔和在柏林也曾见过)。他说我那篇悼儿文做得不坏;有人素来看不起我的笔墨的,他说,这回也相当的赞许了。我此时还分明记得他那天通电时着了寒发沙的嗓音! 我当时回他说多谢你们夸奖,但我却觉得凄惨,因为我同时不能忘记那篇文字的代价,是我自己的爱儿。过了几天适之来说:"老老病了,并且他那病相不好，方才我去看他，他说适之我的日子已经是可数的了。"他那时住在皮宗石家里。我最后见他的一次，他已在医院里。他那神色真是不好，我出来就对人讲，他的病中医叫作湿瘟，并且我分明认得它，他那眼内的钝光，面上的涩色，一年前我那表兄沈叔薇弥留时我曾经见过——可怕的认识，这侵蚀生命的病征。可怜少鰈的老老，这时候病榻前竟没有温存的看护；我与他说笑："至少在病苦中有妻子毕竟强似没妻子，老老，你不懊丧续弦不及早吗？"那天我喂了他一餐，他实在是动弹不得；但我向他道别的时候，我真为他那无告的情形不忍(在客地的单身朋友们，这是一个切题的教训，快些成家，不要过于挑剔了吧；你放平在病榻上时才知道没有妻子的悲惨! ——到那时，比如叔和，可就太晚了)。

叔和没了。但为你，叔和，我却不曾掉泪。这年头也不知怎的，笑自难得，哭也不得容易。你的死当然是我们的悲痛，但转念这世上惨淡的生活其实是无可沾恋，趁早隐了去，谁说一定不是可羡慕的幸运？况且近年来我已经见惯了死，我再也不觉着它的可怕。可怕是这烦嚣的尘世：蛇蝎在我们的脚下，鬼祟在市街上，霹雳在我们的头顶，噩梦在我们的周遭。在这伟大的迷阵中，最难得的是遗忘；只有在简短的遗忘时，我们才有机会恢复呼吸的自由与心神的愉快。谁说死不就是个悠久的遗忘的境界？谁说墓窟不就是真解放的进门？

但是随你怎样看法，这生死间的隔绝，终究是个无可奈何的事实，死去的不能复活，活着的不能到坟墓的那一边去探望。到绝海里去探险我们得合伙，在大漠里游行我们得结伴；我们到世上来做人，归根说，还不只是惴惴的来寻访几个可以共患难的朋友，这人生有时比绝海更凶险，比大漠更荒凉，要不是这点子友于的同情我第一个就不敢向前迈步了。叔和真是我们的一个。他的性情是不可信的温和："顶好说话的老老"；但他每当论事，却又绝对的不苟同，他的议论，在他起劲时，就比如山壑间雨后的乱泉，石块压不住它，蔓草掩不住它。谁不记得他那永远带伤风的嗓音，他那永远不平衡的肩背，他那怪样的激昂的神情？通伯在他那篇《刘叔和》里说起当初在海外老老与傅孟真的豪辩，有时竟连"呐呐不多言"的他，也"免不了加入他们的战队"。这三位衣常敝，履无不穿的"大贤"在伦敦东南隅的陋巷，点煤汽油灯的斗室里，真不知有多少次借光柏拉图与卢骚与斯宾塞的迷力，欺骗他们告空虚的肠胃——至少在这一点他们三位是一致同意的！但通伯却忘了告诉我们他自己每回加入战团时的特别情态，我想我应得替他补白。我方才用乱泉比老老，但我应得说他是一窜野火，焰头是斜着去的；傅孟真，不用说，更是一窜野火，更猖獗，焰头是斜着来的；这一去一来就发生了不得开交的冲突。在他们最不得开交时，劈头下去了一剪冷水，两窜野火都吃了惊，暂时蔫了回去。那一剪冷水就是通伯；他是出名浇冷水的圣手。

　　阿，那些过去的日子！枕上的梦痕，秋雾里的远山。我此时又想起初渡太平洋与大西洋时的情景了。我与叔和同船到美国，那时还不熟；后来同在纽约一年差不多每天会面的，但最不可忘的是我与他同渡大西洋的日子。那时我正迷上尼采，开口就是那一套沾血腥的字句。

　　我仿佛跟着查拉图斯脱拉登上了哲理的山峰，高空的清气在我的肺里，杂色的人生横亘在我的眼下。船过必司该海湾的那天，天时骤然起了变化：岩片似的黑云一层层累叠在船的头顶，不漏一丝天光，海也整个翻了，这里一座高山，那边一个深谷，上腾的浪尖与下垂的云爪相互的纠拿着；风是从船的侧面来的，夹着铁梗似粗的暴雨，船身左右侧

徐志摩人生感悟

的倾欹着。这时候我与叔和在水发的甲板上往来的走——那里是走，简直是滚，多强烈的震动！霎时间雷电也来了，铁青的云板里飞舞着万道金蛇，涛响与雷声震成了一片喧阗，大西洋险恶的威严在这风暴中尽情的披露了。"人生，"我当时指给叔和说，"有时还不止这凶险，我们有胆量进去吗"那天的情景益发激动了我们的谈兴，从风起直到风定；从下午直到深夜，我分明记得，我们俩在沉醅的论辩中遗忘了一切。

今天国内的状况不又是一幅大西洋的天变？我们有胆量进去吗？难得是少数能共患难的旅伴；叔和，你是我们的一个，如何你等不得浪静就与我们永别了？叔和，说他的体气，早就是一个弱者；但如其一个不坚强的体壳可以包容一团坚强的精神，叔和就是一个例。叔和生前没有仇人，他不能有仇人；但他自有他不能容忍的对象：他恨混淆的思想；他恨腌臜的人事。他不轻易斗争；但等他认定了对敌出手时，他是最后回头的一个。叔和，我今天又走上了暴风雨中的甲板，我不能不悼惜我侣伴的空位！

十月十五日

载北京《晨报副刊》1925 年 10 月 19 日

伤双栝老人

看来你的死是无可致疑的了,宗孟先生,虽则你的家人们到今天还没法寻回你的残骸。最初消息来时,我只是不信,那其实是太兀突,太荒唐,太不近情。我曾经几回梦见你生还,叙述你历险的始末,多活现的梦境! 但如今在栝树凋尽了青枝的庭院,再不闻"老人"的謦欬;真的没了,四壁的白联仿佛在微风中叹息。这三四十天来,哭你有你的内眷,姊妹,亲戚,悼你的私交;惜你有你的政友与国内无数爱君才调的士夫。志摩是你的一个忘年的小友。我不来敷陈你的事功,不来历叙你的言行;我也不来再加一份涕泪吊你最后的惨变。魂兮归来! 此时在一个风满天的深夜握笔,就只两件事闪闪的在我心头:一是你的谐趣天成的风怀,一是髫年失怙的诸弟妹,他们,你在时,那一息不是你的关切,便如今,料想你彷徨的阴魂也常在他们的身畔飘逗。平时相见,我倾倒你的语妙,往往含笑静听,不叫我的笨涩羼杂你的莹彻,但此后,可恨这生死间无情的阻隔,我再没有那样的清福了! 只当你是在我跟前,只当是消磨长夜的闲谈,我此时对你说些琐碎,想来你不至厌烦罢。

先说说你的弟妹。你知道我与小孩子们说得来,每回我到你家去,

99

他们一群四五个,连着眼珠最黑的小五,浪一般的拥上我的身来,牵住我的手,攀住我的头,问这样,问那样;我要走时他们就着了忙,抢帽子的,锁门的,嘎着声音苦求的——你也曾见过我的狼狈。自从你的噩耗到后,可怜的孩子们,从不满四岁到十一岁,那懂得生死的意义,但看了大人们严肃的神情,他们也都发了呆,一个个木鸡似的在人前愣着。有一天听说他们私下在商量,想组织一队童子军,冲出山海关去替爸爸报仇!

"栝安"那虚报到的一个早上,我正在你家。忽然间一阵天翻似的闹声从外院陡起,一群孩子拥着一位手拿电纸的大声的欢呼着,冲锋似的陷进了上房。果然是大胜利,该得庆祝的:"爹爹没有事!""爹爹好好的!"徽那里平安电马上发了去,省她急。福州电也发了去,省他们跋涉。但这欢喜的风景运定活不到三天,又叫接着来的消息给完全煞尽!

当初送你同去的诸君回来,证实了你的死信。那晚,你的骨肉一个个走进你的卧房,各自默恻恻的坐下,阿,那一阵子最难堪的噤寂,千万种痛心的思潮在各个人的心头,在这沉默的暗惨中,激荡,汹涌,起伏。可怜的孩子们也都泪滢滢的攒聚在一处,相互的偎着,半懂得情景的严重。霎时间,冲破这沉默,发动了放声的号啕,骨肉间至性的悲哀——你听着吗,宗孟先生,那晚有半轮黄月斜觑着北海白塔的凄凉?

我知道你不能忘情这一群童稚的弟妹。前晚我去你家时见小四小五在灵帏前翻着跟斗,正如你在时他们常在你的跟前献技。"你爹呢?"我拉住他们问。"爹死了。"他们嘻嘻的回答,小五搂住了小四,一和身又滚做一堆!他们将来的养育是你身后唯一的问题——说到这里,我不由的想起了你离京前最后几回的谈话。政治生活,你说你不但尝够而且厌烦了。这五十年算是一个结束,明年起你准备谢绝俗缘,亲自教课膝前的子女;这一清心你就可以用功你的书法,你自觉你腕下的精力,老来只是健进,你打算再化二十年工夫,打磨你艺术的天才;文章你本来不弱,但你想望的却不是什么等身的著述,你只求沥一生的心得,淘成三两篇不易衰朽的纯晶。这在你是一种觉悟;早年在国外初识面时,你每每自负你政治的异禀,即在年前避居津地时你还以为前途不少有为的希望,直至最近政态诡变,你才内省厌倦,认真想回复你书生逸士的生涯。我从最初惊讶你清奇的相貌,惊讶你更清奇的谈吐,我便不阿附你从政的热心,曾经有多少次我讽劝你趁早回航,领导这新时期的精神,共同发现文艺的新土。即如前年泰谷尔来时,你那兴会正不让我们年轻人;你这半百翁登台演戏,不辞劳倦的精神正不知给了我们多少的鼓舞!

不,你不是"老人",你至少是我们后生中间的一个。在你的精神里,我们看不见苍苍的鬓发,看不见五十年光阴的痕迹;你的依旧是二三十年前《春痕》故事里的"逸"的风情——"万种风情无地着",是你最得意的名句,谁料这下文静命定是"辽原白雪葬华颠"!

谁说你不是君房的后身?可惜当时不曾记下你摇曳多姿的吐属,蓓蕾似的满缀着警句与谐趣,在此时回忆,只如天海远处的点点航影,再也认不分明。你常常自称厌世人。果然,这世界,这人情,那禁得起你锐利的理智的解剖与抉剔?你的锋芒,有人说,是你一生最吃亏的所在。但你厌恶的是虚伪,是矫情,是顽老,是乡愿的面目,那还不是该的?谁有你的豪爽,谁有你的倜傥,谁有你的幽默?你的锋芒,即使露,也决不是完全在他人身上应用,你何尝放过你自己来?对己一如对人,你丝毫不存姑息,不存隐讳。这就够难能,在这无往不是矫揉的日子。再没有第二人,除了你,能给我这样脆爽的清谈的愉快。再没有第二人

101

在我的前辈中,除了你,能使我感受这样的无"执"无"我"精神。

最可怜是远在海外的徽徽,她,你曾经对我说,是你唯一的知己;你,她也曾对我说,是她唯一的知己。你们这父女不是寻常的父女。"做一个有天才的女儿的父亲,"你曾说,"不是容易享的福,你得放低你天伦的辈分先求做到友谊的了解。"徽,不用说,一生崇拜的就只你,她一生理想的计划中,那件事离得了聪明不让她自己的老父?但如今,说也可怜,一切都成了梦幻,隔着这万里途程,她那弱小的心灵如何载得起这奇重的哀惨!这终天的缺陷,叫她问谁补去?佑着她吧,你不昧的阴灵,宗孟先生,给她健康,给她幸福,尤其给她艺术的灵术——同时提携她的弟妹,共同增荣雪池双栝的清名!

十五年,二月,二日,新月社

载北京《晨报副刊》1926 年 2 月 3 日

就使打破了头，
也还要保持我灵魂的自由

照群众行为看起来，中国人是最残忍的民族。照个人行为看起来，中国人大多数是最无耻的个人。慈悲的真义是感觉人类应感觉的感觉，和有胆量来表现内动的同情。中国人只会在杀人场上听小热昏，决不会在法庭上贺喜判决无罪的刑犯；只想把洁白的人齐拉入混浊的水里，不会原谅拿人格的头颅去撞开地狱门的牺牲精神。只是"幸灾乐祸"，"投井下石"，不会冒一点子险去分肩他人为正义而奋斗的负担。

从前在历史上，我们似乎听见过有什么义呀侠呀，什么当仁不让，见义勇为的榜样呀，气节呀，廉洁呀，等等。如今呢，只听见神圣的职业者接受蜜甜的"冰炭敬"，磕拜寿祝福的响头，到处只见拍卖人格"贱卖灵魂"的招贴。这是革命最彰明的成绩，这是华族民国最动人的广告！

"无理想的民族必亡"，是一句不刊的真言。我们目前的社会政治走的只是卑污苟且的路，最不能容许的是理想，因为理想好比一面大镜子，若然摆在面前，一定照出魑魅魍魉的丑迹。莎士比亚的丑鬼卡立朋(Caliban)有时在海水里照出他自己的尊容，总是老羞成怒的。

徐志摩人生感悟

所以每次有理想主义的行为或人格出现,这卑污苟且的社会一定不能容忍;不是拳打脚踢,也总是冷嘲热讽,总要把那三闾大夫硬推入汨罗江底,他们方才放心。

我们从前是儒教国,所以从前理想人格的标准是智仁勇。现在不知道变成什么国了,但目前最普通人格的通性,明明是愚暗残忍懦怯,正得一个反面。但是真理正义是永生不灭的圣火,也许有时遭被蒙盖掩翳罢了。大多数的人一天二十四点钟的时间内,何尝没有一刹那清明之气的回复?但是谁有胆量来想他自己的想,感觉他内动的感觉,表现他正义的冲动呢?

蔡元培所以是个南边人说的"戆大",愚不可及的一个书呆子,卑污苟且社会里的一个最不合时宜的理想者,所以他的话是没有人能懂的;他的行为是极少数人——如真有——敢表同情的;他的主张,他的理想,尤其是一盆飞旺的炭火,大家怕炙手,如何敢去抓呢?

"小人知进而不知退。"

"不忍为同流合污之苟安。"

"不合作主义。"

"为保持人格起见……"

"生平仅知是非公道,从不以人为单位。"

这些话有多少人能懂?有多少人敢懂?

这样的一个理想者,非失败不可;因为理想者总是失败的。若然理想胜利,那就是卑污苟且的社会政治失败——那是一个过于奢侈的希望了。

有知识有胆量能感觉的男女同志,应该认明此番风潮是个道德问

104

题;随便彭允彝、京津各报如何淆惑,如何谣传,如何去牵涉政党,总不能掩没这风潮里面一点子理想的火星。要保全这点子小小的火星不灭,是我们的责任,是我们良心上的负担;我们应该积极同情这番拿人格头颅去撞开地狱门的精神!

载北京《努力周报》第 39 期(1923 年 1 月 28 日)

徐志摩人生感悟

话匣子(二)

——一大群骡，一只猫：赵元任先生

我第一次见识赵元任先生是在美国绮色佳地方一个娱乐性质的集会场上。赵先生站在台上唱《九连环》，得儿儿得儿儿的滚着他灵便的舌头。听的人全乐了。赵元任是个天生快活人——现代最难得的奇才。胡适之有一个雅号，叫做"不可救药的乐观主义者"，他的嘴唇上(有小胡子时小胡子里)永远——用一个新字眼——"荡漾"着一种看了叫人忘忧的微笑。这已经是狠难得了；但他还不能算是天生快活人。赵先生才是的。赵先生的微笑比胡先生的"幽雅精致"得多：新月式的微笑；但是你一见他笑你就看出他心坎里不矫揉的快乐，活动的，新鲜的，像早上草瓣上的露水。

真快活的人没有不爱音乐，不爱唱歌的。赵先生就爱唱。莲花落，山歌，道情，九连环，五更，外国调子，什么都会。他是一只八哥。

因此赵先生的脸子比较算是圆的。看现代的心理状态，地支里应得加入一只骡子。悲哀。忧愁。烦闷。结果我们年轻人的脸子全遭了骡化！因此赵先生在我们中间，就比是一群骡子中间夹了一只猫。

赵先生对这时代负的责任不轻。我们悲，赵先生得替我们止；我们愁,赵先生得替我们浇;我们闷,赵先生得替我们解。

好了!好容易赵先生光降我们副刊了。我们听听他的开场是什么调子?

"得儿铃的钉,得儿弄的冬,得儿浪的当,得儿拉的打——放开胆子来,请大家做个乐观家。"

"这年头活着不易!"悲调固然往往比喜调动听,但老唱一个调子,不论多么好听,总是腻烦的。在不能完全解除悲观的时候,我们无论如何也还得向前希望。我们希冀健康,想望光明,希冀快乐,想望更光明更快乐的希望。生命的消息终究不是悲哀。它是快乐,不是眼泪;是笑,在大笑的冲洗里,我们的心灵得到完全的解放,生机得到完全的活动,兴味,勇敢,斗奋的精神,那时全跟着来了。春天雷震过后泥土里萌芽的豁裂,是大自然的笑;我们劫难过后心坎里欢欣的豁裂,是生命的笑。时候到了,我们不妨暂时忘却十字架上头颈倒挂的那个;忘却锡兰岛上闭着眼睛瞎修行的那个;忘却"天生德于予,桓魋其如予何"自解嘲的那个。我们要另外寻宗教,寻神道,寻信仰。我们要更近人情的,更近生命的,更自然的一个象征,指导我们生活的方向与状态。我们要积极动的,活泼的,发扬的,没怕惧的。

我动议我们回到古希腊去寻访我们的心愿。

水草间逍遥下半身长长毛的"彭"(Pan) 何似?树林里躲着性馋最狼藉的绥透士(Satyr)何似?维奴斯堡格山洞里躺着肉艳的维奴斯何似?

还是那伟大的达昂尼索斯(Dionysus),他的生命是狂歌,他的表情是狂舞?

107

大家来呀：

得儿铃的钉(轻轻地)，

得儿弄的冬(渐响)，

得儿浪的当，

得儿拉的打(极响)——

载北京《晨报副刊》1925 年 10 月 26 日

108

《梁启超来函》附志

梁先生本学年在清华讲学，这一两月来著述的数量已不下十余万言，从奴婢制讲到佛教史。我们不能不惊讶梁先生过人的精力；反过来我们不能不自讶力量的浅薄。梁先生自从三十年前提起笔杆以来，他的笔尖上的墨沉从不曾干过；说少一点，我们可以预言梁先生当前还有三十年的著述生涯！"著作等身"；梁先生手笔的原稿经保存而已订成册子的已够等身又等身，散逸了的更不可计数。而他那悍炼不苟的笔致，三十年来不见稍懈，这是多可讶异的精力！

再没有比梁先生更博学的；再没有比梁先生更勤学的；同时更没有比梁先生更虚心求学的。十一年冬天欧阳竟无先生在南京支那内学院讲唯识，每朝七时开讲。我那时在南京也赶时髦起了两个或是三个大早冒着刺面的冷风到秦淮河畔去听庄严的大道。一来是欧阳先生的乡音进入我的耳内其实比七弦琴的琴音不相上下，二来这黎明即起的办法在我是生活的革命，我终于听不满三两次拿着几卷讲义也就算完事一宗。梁先生(那时梁先生也在南京讲学)也听欧阳先生的讲。我怀疑我们能在当今三十岁以下的学生里寻出比他更勤慎，更恭敬，更高兴的学生！是的，不止是勤慎，不止是恭敬，梁先生做学问，就比他谈天或打麻雀一样，有的是不可压迫的真兴会：这是梁先生学问成功——也是一切事业成功——的秘密。他听江西老表话的程度我想也不一定比我们强，他喜欢天不亮爬起床冒冷风跑路一类也不见得比我们甚；但他好学的热心可以使他废寝与馈，可以使他忘忧；学问上的发见，不论怎样细小，可以给他莫大的欢喜，真的使他"手之舞之足之蹈之"的欢喜，就比如小孩子在水里捞着了鱼，在鸟窠里探得了鸟卵一般。这时代真乏，什么真的东西都是越来越稀少了。连学生都快灭迹了！在浅蓝漆木凳上坐着，在浅蓝漆木桌上靠着，手指间擎着不情愿的笔杆，眼睛里噙着极奥妙的睡态，脑帘间映着变态心理类的画片的一流——是学生吗？他们是为什么来的？学问；为学问来的才是学生；但连学问的烟头都不曾望见的，更不谈寻求真理一类的高调，我们也可以滥称学生吗？谁想到为寻一个真纯的学生，那是认涵葆真理的学问为唯一努力的对象的，我们还得到五十开外头童齿豁如梁先生几个少数人身上找去！

但反过来说，今天所谓大学教授们，也那禁得起"哲学猫"的一笑——"哼，什么话！"

但正如亚里士多德认真理是他先生的先生，在今天我们有志气做一个学生的也正应得放开眼界，直超过一班凭博凭硕充当教席不幸的生灵们，望到那更辽阔更清澈的天边——那是无穷的真理的境界。

佛教的奥义是我们浅学人平常想懂而偏懂不到的一类恼人的东西。有时我们也听到极高明的讲，但结果只是更糊涂。就比如欧阳竟无先生算是当代讲唯识的大师，但你去听他的讲或是读他的著作，所得到的只是似是而非一类的印象。当然只怪我们自己浅薄，承受不进去。假如我们对佛学也可以学西滢先生对古琴一般的解嘲态度，分明自己不懂，却偏说对面那东西根本没道理，那我们做人求学一类的事就可以简单得多；但不幸我们有良心干涉，不许我们过分舒服，这来事情就麻烦了，我们还免不了从头做起，得出空我们的心，得向艰难处下工夫，得一步一步不躐等的往前走去，得时时认清了我们寻求的对象——换句话说，我们得认真学做学生。

梁先生不是会说话的人，但他的笔头却真是綮着花儿的。什么艰深的学理他都有法子讲得你点头；他可以讲佛学连着三四个钟头叫全堂听讲人不倦！在欧阳先生口里笔下我们摸不清路子的微言奥义，这里在梁先生的讲义里，我们至少可以一流顺水的往下看，那就不是易事。同时我们更应得记在心里，这日子不是好过的日子，锐利的刀锋不时在我们眼前晃着，谁都不知道明天变出来的是什么玩艺。这时候要你们悉心听超出时空超出一切的道理似乎不是近人情的办法，但既然有梁先生那样不合时宜的人在那里讲，又有我这样不合时宜的人来替他宣传，在读者中间我敢猜想也一定不至于绝无不合时宜的同道愿意来看。姑且试着吧。

载北京《晨报副刊》1925 年 11 月 28 日

徐志摩人生感悟

《闲话》引出来的闲话

西滢在《现代评论》第五十七期的《闲话》里写了一篇可羡慕的妩媚的文章。上帝保佑他以后只说闲话,不再管闲事! 这回他写法郎士:一篇写照的文章。一个人容易把自己太看重了。西滢是个傻子;他妄想在不经心的闲话里主持事理的公道,人情的准则。他想用讥讽的冰屑刺灭时代的狂热。那是不可能的。他那武器的分量太小,火烧的力量太大。那还不是危险,就他自己说,单只白费劲。危险是在他自己,看来是一堆冰屑,在不知不觉间,也会叫火焰给灼热了。最近他讨论时事的冰块已经关不住它那内蕴或外染的热气——至少我有这样感觉。冰水化成了沸液,可不是玩,我暗暗的着急。好容易他有了觉悟,他也不来多管闲事了。这,我们得记下,也是“国民革命”成绩的一斑。“阿哥,”他的妹妹一天对他求告,“你不要再做文章得罪人家了,好不好? 回头人家来烧我们的家,怎么好? ”“你趁早把你自己的东西,”闲话先生回答说,“点清了开一个单子给我, 省得出了事情以后你倒来向我阿哥报虚账! ”

果然他有了觉悟,不再说废话了。本来是,拿了人参汤喂猫,她不但不领情,结果倒反赏你一爪。不识趣的是你自己,当然。你得知趣而且安分——也为你自身的利益着想。你学卫生工程的，努力开阴沟去得了。你学文学的，尽量吹你的莎士比亚葛德法郎士去得了。

西滢的法郎士实在讲得不坏。你看完了他的文章，就比是吃了一个檀香橄榄，口里清齐齐甜迷迷的尝不尽的余甘。法郎士文章的妩媚就在此。卡莱尔一类文章所以不耐咬嚼，正为它们的味道刚是反面，上口是浓烈的，却没有回味，或者，如其有，是油膏的，腻烦的，像是多吃了肥肉。西滢是分明私淑法郎士的，也不止写文章一件事——除了他对女性的态度，那是太忠贞了，几乎叫你联想到中世纪修道院里穿长袍喂鸽子的法兰西士派的"兄弟"们。法郎士的批评，我猜想，至少是不长进！

我狠少夸奖人的，但西滢就他学法郎士的文章说，我敢说，已经当得起一句天津话："有根"了。年来我们新文字(还谈不到文学)的尝试不能完全没有成就。慢慢的，慢慢的，这原来看不顺眼的姿态服装看成自然了。这根辫子是剪定的了。多谢这解放了的语言，我们个性的水从此可以顺着水性流，个性的花可以顺着花性开，我们再也不希罕类似豆腐干的四字句文体，类似木排算盘珠的绝律诗体。话虽这样说，这草创期见证得到像样的作风，严一点说，能有几多？也是当然的事情。学那一家，并不是不体面的事情；只要你学个像样，我们决不吝惜我们的拍掌。但就是"学"，也决不是呆板的模仿，那是没有生命的。你学你得从骨子里，脊髓里学起，不是从外表。就这学，也应分是一种灵魂的冒险。这是一个"卖野人头"的时代。穿上一件不系领结袒开脖子的衬衣，就算是雪莱。会堆砌几个花泡的杂色的词儿，就自命是箕茨。逛窑子的是维龙；抽鸦片的藉口《恶之花》的作者。这些都是庙会场上的西洋景，点缀热闹的必要，也许。

幸而同时也还有少数人知道尊重文字的灵性，肯认真下工夫到这里面去探出一点秘密来。他们也知道这是有报酬的辛苦——远一点，也许。等到驴子们献尽了伎俩的时候，等到猴儿们跳倦了的时候，我们再留神望卖艺的台上看吧。

像西滢这样，在我看来，才当得起"学者"的名词，不是有学问的意思，是认真学习的意思。第一他自己认自己极清楚；他不来妄自尊大，他明白他自己的限度。"想像力我是没有的，耐心我可不是没有的。""我很少得到灵感的助力，我的笔没有抒情的力量。它不会跳，只会慢慢的沿着道儿走。我也从不曾感到过工作的沉醉。我写东西是很困难的。"这是法郎士自述的话；西滢就有同样的情形。他不自居作者；在比他十二分不如的同时人纷纷的刻印专集，诗歌小说戏剧那一样没有，他却甘心抱着一枝半秃的笔，采用一个表示不争竞的栏题——《闲话》，耐心的训练他的字句。我敢预言，你信不信，到那天这班出锋头的人们脱尽了锐气的日子，我们这位闲话先生正在从容的从事他那"完工的拂拭"(The finishing touch)，笑吟吟的擎着他那枝从铁杠磨成的绣针，讽刺我们情急是多么不经济的一个态度，反面说只有无限的耐心才是天才唯一的凭证。

但我当然只说西滢是有资格学法郎士的。我决不把他来比傍近代文学里最完美的大师，那就几乎是笑话了。他学的是法郎士对人生的态度，在讥讽中有容忍，在容忍中有讥讽；学的是法郎士的"不下海主义"，任凭当前有多少引诱，多少压迫，多少威吓，他还是他的冷静，搅不混的清澈，推不动的稳固，他唯一的标准是理性，唯一的动机是怜悯；学的是法郎士行文的姿态："法郎士的散文像水晶似的透明，像荷叶上露珠的皎洁"，西滢说着这话，我们想见他唾液都吊出来了！他已

114

经学到了多少都看得见；至于他能学到多少，那就得看他的天才了——意思是他的耐心。至少，他已经动身上路，而且早经走上了平稳的大道，他的前途是不易有危险的，只要他精力够，他一定可以走得狠远——他至少可以走到我们从现在住脚处望不见的地方，我信。

我夸够了。我希望他再继续写他的法郎士，学他的法郎士。乘便我想在他的法郎士的简笔画上补上一条不易看得见的曲线。法郎士的耐心，谐趣，崛强，顽皮，装假，他都给淡淡的描上了。他漏了法郎士的真相。这是一个奇怪的现象，自来没有一个在心灵境界里工作的，不论是艺术家诗人文人，公认他对他自己一生的满意。随他在世俗的眼内多么幸运，他只知道苦恼；随他过的日子是多么热闹，他只知道寂寞；随他在人事里多么得意，他只知道懊丧。密仡郎其罗，尼采，贝多芬，托尔斯泰，一般人不必说；葛德总算是幸运的骄儿了吧，可是他晚年对他的朋友 Eckermann 噙着一包眼泪吐露了他的隐情，他说他一辈子从不曾享受过快乐，从不知道过安逸。法郎士也来这一手，这是更出奇了。我不知道他一辈子有那一件失意事；他有的是盛名，健康，舒服。但是，按勃罗杜的报告：

他叹一声气。

"在全世界上最不幸的生灵是我们人。老话说'人是万物的主脑'。人是苦恼的主脑，我的朋友。世上有人生这件事是没有上帝再硬不过的证据。"

"但你是人间最羡慕的一个人呢。谁不艳羡你的天才，你的健康，你的不老的精神。"

"够了，够了！阿，只要你能看到我的灵魂里去，你就会吃吓的。"他把我的手拿在他的手里，一双发震的火热的手。他对着我的眼睛看。他的眼里满是眼泪。他的面色是枯槁的。他叹着气："在这全宇宙间再没有一个人比我更不快活的。人家以为我快活。我从来没有快活过一天，没有快活过一个时辰。"

载北京《晨报副刊》1926 年 1 月 13 日

再添几句闲话的
闲话乘便妄想解围

我先得告罪我自己的无赖；我擅把岂明先生好意寄给我看看的文章给绑住了。今晚从清华回来，心里直发愁，因为又得熬半夜凑稿子，忽然得到岂明先生的文章好不叫我开心：别说这是骂别人的，就是直截痛快骂我自己的，我也舍不得放它回去，也许更舍不得了。好在来信里有"晨附要登也可以"这句话，所以我敢希冀岂明先生不至过分见怪。

岂明先生再三声明他自己是个水兵，他却把"专门学文学的"字眼加给我。我也得赶快声明——我不但不是专门学文学的，并且严格的说，不曾学过文学。我在康桥仅仅听过"Q"先生几次讲演，跟一个 Sir Thomas Wyatt 的后代红鼻子黄胡子的念过一点莎士比亚，决不敢承当专门学文学的头衔。说来真也可笑，现在堂堂北京大学英文文学系的几个教师，除了张歆海先生他是真腔直板哈佛大学文学科卒业的博士而外，据我所知道谁都不曾正式学过文学的。温源宁先生是学法律的，林玉堂先生是言语学家，陈源先生是念政治的，区区是——学过银行的你信不信？

这是支话。目前的小问题是我夸奖了西滢的文章，岂明先生不以

117

为然,说我不但夸错,并且根本看错了。按他的意思,似乎把西滢这样人与法郎士放在一起讲(不说相比),已够亵渎神明;但岂明先生却十二分的回护我,只说我天生这傻,看不清事理的真相,别的动机确是没有的。我十二分的感谢,但我也还有话说。既然傻,我就傻到底吧。

先说我那篇闲话的闲话。我那晚提笔凑稿子时,"压根儿"就没忖到这杆笔袅下去是夸奖西滢的一篇东西。我本想再检一点法郎士的牙慧的。碰巧上晚临睡时看了西滢讲法郎士的那篇"新闲话",我实在佩服他写得干净,玲巧,也不知怎的念头一转弯涂成了一篇《西滢颂》。我当晚发了稿就睡,心里也没有什么"低哆"。第二天起来想起昨晚写的至少有一句话不妥当。"唯一的动机是怜悯"这话拿给法郎士已经不免遭"此话怎讲"的责问;若说西滢,那简直有些挖苦了。再下一天绍原就挑我这眼。那实在是骈文的流毒,你仔细看看那全句就知道。但此外我那晚心目中做文章的西滢只是新闲话的西滢;说他对女性忠贞,我也只想起他平时我眼见与女性周旋的神情,压根儿也没想起女师大一类的关系。

我生性不爱管闲事倒是真的。我懒,我怕烦。有人告我这长这短,我也就姑妄听之。逢着是是非非的问题,我实在脑筋太简单,闹不清楚,我也不希罕闹清楚,说实话。我不觉得我负有什么"言责",因此我想既然不爱管闲事就甘脆不管闲事,那决不至于是犯罪的行为。这来我倒反可以省下一点精力,看我的"红的花,圆的月,树林中夜叫的发痴的鸟",兴致来时随口编个赞美歌儿唱唱,也未始不是自得其乐的一道。

每回人来报告说谁在那里骂你了,我就问骂得认真不认真:如其认真我就说何苦来因为认真骂人是生气,生气是多少不卫生的事情;

如其不认真我就问写得好玩不好玩,好玩就好,不好玩就不好。我总觉得有几位先生气性似乎太大了一点,尤其是比我们更上年纪的前辈们似乎应得特别保重些才是道理。西滢,我知道,也是个不大好惹的,有人说他一动笔就得得罪人。这道理我不明白,为什么他看出来世上别扭的事情就这么多。西滢说我也有找别扭的时候,但我每回咒或是骂的对象(他说)永远是人类的全体,不指定这个那个个人的。我想我也并没有什么不对,我真的觉得没有一件事情你可以除外你自己专骂旁人的。该骂是某时代的坏风气坏癖气,该骂是人类天成的恶根性。我们心里的心里,你要是有胆量望里看的话,那一种可能的恶、孽、罪,不曾犯过?谁也不能比谁强得了多少,老实说。我们看得见可以指摘的恶、孽、罪,是极凑巧极偶然的现象,没有什么希奇。拿实例来比喻比喻。现在教育界分明有一派人痛恨痛骂章士钊,又有一派人又在那里嘻笑怒骂骂章行严的人。好了。你退远一步,再退远一步看看,如其章某与骂章某的人的确都有该骂的地方,那从你站远一点的地位看去,你见的只是漆黑的一团,包裹着章某当然,可是骂他的也同样在它的怀抱中。假如你再退远一步,让你真正纯洁的灵魂脱离了本体往回看的时候,我敢保你见的是那漆黑的一团连你自己也圈进去了。引申这个意义,我们就可以懂得罗曼罗兰"Above the Battlefield"的喊声。鬼是可怕的;他不仅附在你敌人的身上,那是你瞅得见的,他也附在你自己的身上,这你往往看不到。要打鬼的话,你就得连你自己身上的一起打了去,才是公平。体会了这层意思,我们又可以明白法郎士这类作者笔头上不妨尽量的又酸又刻,骨子里却是一个伟大的悲悯。他们才真的是看透了。"讥讽中有容忍,容忍中有讥讽",归根说,真不是容易做到的一句话。我前天说西滢学法郎士对人生的态度这般这般,也许无意中含有一种

119

期望的意思(这话乏味透了,我知道),并且在字面上我也只说他想学,并不曾说他已经学到家,那另是一件事了。

话再说回来,我实在始终不明白我们朋友中像岂明与西滢一流人何以有别扭的必要——除非你相信"文人相欺"是一个不可摇拔的根性。不,我不信任他们俩中间(就拿他们俩作比例)有不可弥缝的罅隙!我对于他们两个人的学问,一样的佩服,对他们俩的文章,一样的喜欢;对他们俩的品格,一样的尊敬。为什么为对某一件事情因为各人地位与交与不同的缘故发生了不同的看法稍稍龌龊以后,这别扭就得别扭到底,到像真有什么天大的冤仇纠住了他们?不,我相信我们当前真正的敌人与敌性的东西正多着,正该我们合力去扑斗才是,自家尽闹谁都没有好处,真是何苦来!

我说这话不但十九是无效,而且怕是两边都不讨好。我知道,但我不能不说我自己的话,如其得罪我道歉,如其招骂我甘愿。我来做一个最没出息最讨人厌的和事老,朋友们以为何如?

载北京《晨报副刊》1926 年 1 月 20 日

关于下面一束通信
告读者们

无论如何,我以本刊记者的资格得向读者们道歉,为今天登载这长篇累牍多少不免私人间争执性质的一大束通信。前天西滢来信说有这样一篇文章要我登副刊,我答应了他。但今晚我看过他的来件以后,我却着实的踌躇了一晌。登还是不登,这是问题。

不登的话,我对不起西滢。他这一篇是根据前星期见本刊的周岂明先生的那一篇;周先生的那一篇,又是批评我自己做的那篇《闲话引出来的闲话》。所以这并不是没来历的,并且我事前确已答应替他登的。但登的话,事情可就更麻烦了。我是不主张随便登载对人攻击的来件的,一则因为意气文字往往是无结果,有损无益;二则我个人生性所近,每每妄想拿理性与幽默来消除意气——意气是病象的分数多,健康的分数少,无论如何。这回西滢的意气分明是狠盛,谁都看得出。在他个人是为这半年来受尽了旁人对他人身攻击的闲气已经到了忍无可忍的地步,这一放闸再也止不住尽情的冲了出来。他这回放开嗓子痛骂一顿这件事,在一班不当事人看来当然是过分,但我们如其接头这回争执的背景,能替他设身处地想时,也许可以相当同情他满肚子的瘴气。但他这次却不止是抵当,他也着力的回击了——他对周氏兄

121

弟两位,尤其是鲁迅先生,丝毫不含糊的回敬了一封原礼。这究竟有好处没有?这来就能两造叫开了不?意气的反响能否是和平?人,到时候谁都不是好惹的,西洋老话说"你平空打一下罗马人,你发见一个野兽",这样猛烈的攻击看情形决不会就此结束的。我愁的是双方的怨毒愈结愈深,结果彼此都拿出本性里的骂街婆甚至野兽一类东西来对付,倒叫旁边看热闹人中间冷心肠的耻笑,热心肠的打寒噤。这下是正得我前天冒昧想出来做和事老的本愿的反面了吗?说起做和事老那一段案语,听说我已经在不少朋友心里招受了狠大的嫌疑。不提别的,单说西滢今晚附来的一纸信上就有这一句提醒的话:"你能在后面写一段顶好,不过不要再让人说是纯粹的江浙人才好。"纯粹的江浙人! 意思说是油滑,两边祖,没有骨子,乏——说轻一点。因此这也是我自己认真反省一下的机会。我究竟是不是想两边讨好,自己懦怯,临着事体不敢说良心话?这不是件小事。既然说到这里,我就不得不撑开了说我的真心话。西滢是我的朋友,并且是我最佩服最敬爱的一个。他的学问、人格都是无可致疑的。他心眼窄一点是有的;说实话,他也不是好惹的。关于他在闲话里对时事的批评,我也是与他同调的时候多,虽则我自己决没有他那样说闲话的天才与兴会。这是一造。至于他一造,周氏弟兄一面,我与他们私人的交情浅得多;鲁迅先生我是压根儿没有胆仰过颜色的,作人先生是相识的,但见面的机会不多。鲁迅先生的作品,说来大不敬得狠,我拜读过很少,就只《呐喊》集里三两篇小说,以及新近因为有人尊他是中国的尼采他的《热风》集里的几页。他平常零星的东西,我即使看也等于白看,没有看进去或是没有看懂。作人先生的作品我也不曾全看,但比鲁迅先生的看的多。他,我也是佩服的,尤其是他的博学。他爱小挑剔,我也知道的,他自己也承认。但因为我根本是一个极粗心的读者，平常文字里有深文周纳乃至些稍隐晦的地方，我就看不出来，不要说骂别人，即使骂我自己，我也是家乡人说的木而瓜之的。例如最近他那篇文章里，事后有人对我说"他岂止骂西滢他也骂苦你了"，我却不去查考，到行间字里去端详；我心头明白并且感觉到的是他有与西滢意见不合因而勃谿的地方，这在我看来不应当是什么深仇大恨，应当可以消解的。也许是我的傻想；无论如何我干下了那一段分明八面不见好的案语。周先生说本来是无围，用不着你解；西滢说得更凶，他说我"分明替他认错，替他回护，他是十二分的不领情，即使他不骂我，将来骂我的人多着哩"。（同时我也得乘便声明，周先生接续两次来信都说他对西滢个人并没有嫌隙，只是不喜欢他论事的态度罢了。）

现在西滢这来，又重新翻起了这整件的讼案；他给他的对方人定了一个言行不一致，捏造事实诬毁人的罪案。并且他文字里牵及的似乎还不止周氏两位。凭我原想出来调和的地位说，这一篦信是不该发表的(凤举先生在一封信尾也曾希望不公布此项函件)，因发表了非但无益，并且不免更惹纠纷。但我如其压住了的话，一来我对西滢是失约，二来我更有"纯粹的江浙人"的嫌疑了。怎么，周岂明骂西滢的文章，你抢过来登，反过来西滢的答辩你倒不登，这不是分明怕得罪强者?我为表白我自己起见，决不能这样做。

但副刊是对读者们全体负责任的，不是为少数人做喉舌的。我为要不开罪私人朋友，就难免对读者们负歉不是?我不能不踌躇。但踌躇的结果，还是把西滢的来件照登，并且担负这代登的责任。

我的理由是:(一)这场争执虽则表面看性质是私人的，但它所牵连当事人多少都是现代知名人，多少是言论界思想界的领导者，并且

123

这争执的由来是去年教育界最重要的风潮,影响不仅到社会,并且到政治,并且到道德。在两造各执一是的时候,旁边人只觉得迷惑。这事情应分有撑开了根本洗刷一下的必要,如其我们相信是非多少还有标准的话。西滢的地位一向是孤单的,他一个人冷笃笃的说他的闲话,我们都看得见。反面说,骂西滢个人以及西滢所主持的地位的却是极不孤单的,骂的笔不止一枝,骂的机关不止一个。这终究是否西滢实在有犯众怒的地方,还是对方倚仗人多发表机关多特地来压灭这闲话所代表的见解。如其是前一个假定,那西滢是活该,否则我们不曾混入是非旋涡的人应该就事论理来下一个公正的判断。

(二)怨毒是可怕的。私人间稀小的仇恨往往酿成不预料的大祸。酝酿怨毒是危险的;脓疮到时候窝着不开,结果更不得开交。在这场争执里,两方各含积了多少的怨毒是不容讳言的:这决不是谑,这是甘脆的虐。这刀所以是应分当众开的;又为的——

(三)更基本的事实:彼此同是在思想言论界负名望负责任的人,同是对这梦乱的时期负有各尽所长清理改进的责任,同是对在迷途中的青年负有指导警觉的责任。是人就有错误,就有过失,在行为上或是在意见上;我们受教育为的是要训练理智来驾驭本性,涵养性情来节止意气。这并不是说我们因此在在就得贪图和平,处处不露棱角,避免冲突。不,我们在小地方养正是准备在大地方用,一个人如其纯粹为与己无涉的动机为正谊为公道奋斗,我们就佩服他;反过来说,如其一个人的行为或言论包含有私己的情形,那时不论他怎样藉口,我们就不能容许他。例如这一回争执,现在两造都似乎尽情发泄了,我们在旁人应分来查考查考究竟这一场纠纷的背后有没有关连人道的重大问题,值得有血性人们放进他们的力量去奋斗——例如法国的德来福斯的案子,起因虽则小,涵义却关重要——我们当前的问题是不是同性质的?还是这里面并不包含什么大问题,有的只是两造或是一造弄笔头开玩笑过分了的结果,那好办,说明了朋友还是朋友,本来不是朋友,也不至变成仇敌。

为了这几层理由,我决定登载西滢的来件。本刊也算是一个结束,从我那篇《闲话引出来的闲话》起,经过岂明先生《闲话的闲话之闲话》,到今西滢的总清帐止,以后除了有新发明的见解,关于此事辩难性质的来件,恕不登载了。

一月二十九日早四时半

载北京《晨报副刊》1926 年 1 月 30 日

125

徐志摩人生感悟

自 剖

我是个好动的人；每回我身体行动的时候，我的思想也仿佛就跟着跳荡。我做的诗，不论它们是怎样的"无聊"，有不少是在行旅期中想起的。我爱动，爱看动的事物，爱活泼的人，爱水，爱空中的飞鸟，爱车窗外掣过的田野山水。星光的闪动，草叶上露珠的颤动，花须在微风中的摇动，雷雨时云空的变动，大海中波涛的汹涌，都是在在触动我感兴情景。是动，不论是什么性质，就是我的兴趣，我的灵感。是动就会催快我的呼吸，加添我的生命。

近来却大大的变样了。第一我自身的肢体，已不如原先灵活；我的心也同样的感受了不知是年岁还是什么的拘挛。动的现象再不能给我欢喜，给我启示。先前我看着在阳光中闪烁的金波，就仿佛看见了神仙宫阙——什么荒诞美丽的幻觉，不在我的脑中一闪闪的掠过；现在不同了，阳光只是阳光，流波只是流波，任凭景色怎样的灿烂，再也照不化我的呆木的心灵。我的思想，如其偶尔有，也只似岩石上的藤萝，贴着枯干的粗糙的石面，极困难的蜒着；颜色是苍黑的，姿态是崛强的。

我自己也不懂得何以这变迁来得这样的兀突，这样的深彻。原先我在人前自觉竟是一注的流泉，在在有飞沫，在在有闪光；现在这泉眼,如其还在,仿佛是叫一块石板不留余隙的给镇住了。我再没有先前那样蓬勃的情趣,每回我想说话的时候,就觉着那石块的重压,怎么也掀不动,怎么也推不开,结果只能自安沉默!"你再不用想什么了,你再没有什么可想的了";"你再不用开口了,你再没有什么话可说的了",我常觉得我沉闷的心府里有这样半嘲讽半吊唁的谆嘱。

　　说来我思想上或经验上也并不会经受什么过分剧烈的戟刺。我处境是向来顺的,现在,如其有不同,只是更顺了的。那么为什么这变迁?远的不说,就比如我年前到欧洲去时的心境:阿! 我那时还不是一只初长毛角的野鹿?什么颜色不激动我的视觉,什么香味不奋兴我的嗅觉?我记得我在意大利写游记的时候, 情绪是何等的活泼, 兴趣何等的醇厚,一路来眼见耳听心感的种种,那一样不活栩栩的丛集在我的笔端,争求充分的表现! 如今呢?我这次到南方去,来回也有一个多月的光景,这期内眼见耳听心感的事物也该有不少。我未动身前,又何尝不自喜此去又可以有机会饱餐西湖的风色,邓尉的梅香———单提一两件最合我脾胃的事。有好多朋友也曾期望我在这闲暇的假期中采集一点江南风趣,归来时,至少也该带回一两篇爽口的诗文,给在北京泥土的空气中活命的朋友们一些清醒的消遣。但在事实上不但在南中时我白瞪着大眼,看天亮换天昏,又闭上了眼,拼天昏换天亮,一枝秃笔跟着我涉海去,又跟着我涉海回来,正如岩洞里的一根石笋,压根儿就没一点摇动的消息;就在我回京后这十来天,任凭朋友们怎样的催促,自己良心怎样的责备,我的笔尖上还是滴不出一点墨沉来。我也会勉强想想,勉强想写,但到底还是白费! 可怕是这心灵骤然的呆顿。完全死了不成?我自己在疑惑。

　　说来是时局也许有关系。我到京几天就逢着空前的血案。五卅事

127

件发生时我正在意大利山中,采茉莉花编花篮儿玩,翡冷翠山中只见明星与流萤的交唤,花香与山色的温存,俗氛是吹不到的。直到七月间到了伦敦,我才理会国内风光的惨淡,等得我赶回来时,设想中的激昂,又早变成了明日黄花,看得见的痕迹只有满城黄墙上黑彩斑烂的"泣告"!

这回却不同。屠杀的事实不仅是在我住的城子里发见,我有时竟觉得是我自己的灵府里的一个惨象。杀死的不仅是青年们的生命,我自己的思想也仿佛遭着了致命的打击,好比是国务院前的断胫残肢,再也不能回复生动与连贯。但这深刻的难受在我是无名的,是不能完全解释的。这回事变的奇惨性引起愤慨与悲切是一件事,但同时我们也知道在这根本起变态作用的社会里,什么怪诞的情形都是可能的。屠杀无辜,还不是年来最平常的现象。自从内战纠结以来,在受战祸的区域内,那一处村落不曾分到过遭奸污的女性,屠残的骨肉,供牺牲的生命财产?这无非是给冤氛围结的地面上多添一团更集中更鲜艳的怨毒。再说那一个民族的解放史能不浓浓的染着 Martyrs 的腔血?俄国革命的开幕就是二十年前冬宫的血景。只要我们有识力认定,有胆量实行,我们理想中的革命,这回羔羊的血就不会是白涂的。所以我个人的沉闷决不完全是这回惨案引起的感情作用。

爱和平是我的生性。在怨毒、猜忌、残杀的空气中,我的神经每每感受一种不可名状的压迫。记得前年奉直战争时我过的那日子简直是一团黑漆,每晚更深时,独自抱着腊壳伏在书桌上受罪,仿佛整个时代的沉闷盖在我的头顶——直到写下了"毒药"那几首不成形的咒诅诗以后,我心头的紧张才渐渐的缓和下去。这回又有同样的情形;只觉着烦,只觉着闷,感想来时只是破碎,笔头只是笨滞。结果身体也不舒畅,像是蜡油涂抹住了全身毛窍似的难过,一天过去了又是一天,我这里又在重演更深独坐箍紧脑壳的姿势,窗外皎洁的月光,分明是在嘲讽我内心的枯窘!

不,我还得往更深处按。我不能叫这时局来替我思想骤然的呆顿负责,我得往我自己生活的底里找去。

平常有几种原因可以影响我们的心灵活动。实际生活的牵制可以劫去我们心灵所需要的闲暇,积成一种压迫。在某种热烈的想望不曾得满足时,我们感觉精神上的烦闷与焦躁,失望更是颠覆内心平衡的一个大原因;较剧烈的种类可以麻痹我们的灵智,淹没我们的理性。但这些都合不上我的病源;因为我在实际生活里已经得到十分的幸运,我的潜在意识里,我敢说不该有什么压着的欲望在作怪。

但是在实际上反过来看,另有一种情形可以阻塞或是减少你心灵的活动。我们知道舒服,健康,幸福,是人生的目标,我们因此推想我们痛苦的起点是在望见那些目标而得不到的时候。我们常听人说"假如我像某人那样生活无忧我一定可以好好的做事,不比现在整天的精神全化在琐碎的烦恼上"。我们又听说"我不能做事就为身体太坏,若是精神来得,那就……"我们又常常设想幸福的境界,我们想:"只要有一个意中人在跟前那我一定奋发,什么事做不到?"但是不,在事实上,舒服,健康,幸福,不但不一定是帮助或奖励心灵生活的条件,它们有时正得相反的效果。我们看不起有钱人,在社会上得意人,肌肉过分发展的运动家,也正在此;至于年少人幻想中的美满幸福,我敢说等得当真有了红袖添香,你的书也就读不出所以然来,且不说什么在学问上或艺术上更认真的工作。

那末生活的满足是我的病源吗?

徐志摩人生感悟

　　"在先前的日子，"一个真知我的朋友，就说："正为是你生活不得平衡，正为你有欲望不得满足，你的压在内里的 Libido 就形成一种升华的现象，结果你就借文学来发泄你生理上的郁结(你不常说你从事文学是一件不预期的事吗?)；这情形又容易在你的意识里形成一种虚幻的希望，因为你的写作得到一部分赞许，你就自以为确有相当创作的天赋以及独立思想的能力。但你只是自冤自，实在你并没有什么超人一等的天赋，你的设想多半是虚荣，你的以前的成绩只是升华的结果。所以现在等得你生活换了样，感情上有了安顿，你就发见你向来写作的来源顿呈萎缩甚至枯竭的现象；而你又不愿意承认这情形的实在，妄想到你身子以外去找你思想枯窘的原因，所以你就不由的感到深刻的烦闷。你只是对你自己生气，不甘心承认你自己的本相。不，你原来并没有三头六臂的!

　　"你对文艺并没有真兴趣，对学问并没有真热心。你本来没有什么更高的志愿，除了相当合理的生活，你只配安分做一个平常人，享你命里铸定的'幸福'；在事业界，在文艺创作界，在学问界内，全没有你的位置，你真的没有那能耐。不信你只要自问在你心里的心里有没有那无形的'推力'，整天整夜的恼着你，逼着你，督着你，放开实际生活的全部，单望着不可捉摸的创作境界里去冒险?是的，顶明显的关键就是那无形的推力或是冲动(The Impulse)，没有它人类就没有科学，没有文学，没有艺术，没有一切超越功利实用性质的创作。你知道在国外(国内当然也有，许没那样多)有多少人被这无形的推力驱使着，在实际生活上变成一种离魂病性质的变态动物，不但人们所有的虚荣永远沾不上他们的思想，就连维持生命的睡眠饮食，在他们都失了重要，他们全部的心力只是在他们那无形的推力所指示的特殊方向上集中应用。怪不得有人说天才是疯癫；我们在巴黎伦敦不就到处碰得着这类怪人？如其他是一个美术家，恼着他的就只怎样可以完全表现他那理想中的形体；一个线条的准确，某种色彩的调谐，在他会得比他生身父母的生死与国家的存亡更重要，更迫切，更要求注意。我们知道专门学者有终身掘坟墓的，研究蚊虫生理的，观察亿万万里外一个星的动定的。并且他们决不问社会对于他们的劳力有否任何的认识，那就是虚荣的进路；他们是被一点无形的推力的魔鬼蛊定了的。

　　"这是关于文艺创作的话。你自问有没有这种情形。你也许经验过什么'灵感'，那也许有，但你却不要把刹那误认作永久的，虚幻认作真实。至于说思想与真实学问的话，那也得背后有一种推力，方向许不同，性质还是不变。做学问你得有原动的好奇心，得有天然热情的态度去做求知识的工夫。真思想家的准备，除了特强的理智，还得有一种原动的信仰；信仰或寻求信仰，是一切思想的出发点：极端的怀疑派思想也只是期望重新位置信仰的一种努力。从古来没有一个思想家不是宗教性的。在他们，各按各的倾向，一切人生的和理智的问题是实在有的；神的有无，善与恶，本体问题，认识问题，意志自由问题，在他们看来都是含逼迫性的现象，要求合理的解答——比山岭的崇高，水的流动，爱的甜蜜更真，更实在，更耸动。他们的一点心灵，就永远在他们设想的一种或多种问题的周围飞舞，旋绕，正如灯蛾之于火焰：牺牲自身来贯彻火焰中心的秘密，是他们共有的决心。

　　"这种惨烈的情形，你怕也没有吧？我不说你的心幕上就没有思想的影子；但它们怕只是虚影，像水面上的云影，云过影子就跟着消散，不是石上的雷痕越日久越深刻。

　　"这样说下来，你倒可以安心了！因为个人最大的悲剧是设想一个

131

虚无的境界来谎骗你自己;骗不到底的时候你就得忍受'幻灭'的莫大的苦痛。与其那样,还不如及早认清自己的深浅,不要把不必要的负担,放上支撑不住的肩背,压坏你自己,还难免旁人的笑话! 朋友,不要迷了,定下心来享你现成的福分吧;思想不是你的分,文艺创作不是你的分,独立的事业更不是你的分! 天生扛了重担来的那也没法想(那一个天才不是活受罪!),你是原来轻松的,这是多可羡慕,多可贺喜的一个发见! 算了吧,朋友! ”

三月二十五日至四月一日

载北京《晨报副刊》1926 年 4 月 3 日

我过的端阳节

我方才从南口回来。天是真热,朝南的屋子里都到了九十度以上,两小时的火车竟如在火窖中受刑,坐起一样的难受。我们今天一早在野鸟开唱以前就起身,不到六时就骑骡出发,除了在永陵休息半小时以外,一直到下午一时余,只是在高度的日光下赶路。我一到家,只觉得四肢的筋肉里像用细麻绳扎紧似的难受,头里的血,像沸水似的急流,神经受了烈性的压迫,仿佛无数烧红的铁条蛇盘似的绞紧在一起……

一进阴凉的屋子,只觉得一阵眩晕从头顶直至踵底,不仅眼前望不清楚,连身子也有些支持不住。我就向着最近的藤椅上瘫了下去,两手按住急颤的前胸,紧闭着眼,纵容内心的浑沌,一片黯黄,一片茶青,一片墨绿,影片似的在倦绝的眼膜上扯过……

直到洗过了澡,神志方才回复清醒,身子也觉得异常的爽快,我就想了……

人啊,你不自己惭愧吗?

野兽,自然的,强悍的,活泼的,美丽的;我只是羡慕你。

什么是文明人:只是腐败了的野兽! 你若然拿住一个文明惯了的

人类,剥了他的衣服装饰,夺了他作伪的工具——语言文字,把他赤裸裸的放在荒野里看看——多么"寒村"的一个畜生呀! 恐怕连长耳朵的小骡儿,都瞧他不起哪!

白天,狼虎放平在丛林里睡觉,他躲在树荫底下发痧;

晚上清风在树林中演奏轻微的妙乐,鸟雀儿在巢里做好梦,他倒在一块石上发烧咳嗽——着了凉了!

也不等狼虎去商量他有限的皮肉, 也不必小雀儿去嘲笑他的懦弱;单是他平常歌颂的艳阳与凉风,甘霖与朝露,已够他的受用:在几小时之内可使他脑子里消灭了金钱名誉经济主义等等的虚景,在一半天之内,可使他心窝里消灭了人生的情感悲乐种种的幻象,在三两天之内——如其那时还不曾受淘汰——可使他整个的超出了文明人的丑态,那时就叫他放下两支手来替脚平分走路的负担,他也不以为离奇,抵拼撕破皮肉爬上树去采果子吃,也不会感觉到体面的观念……

平常见了活泼可爱的野兽,就想起红烧野味之美,现在你失去了文明的保障,但求彼此平等待遇两不相犯,已是万分的侥幸……

文明只是个荒谬的状况:文明人只是个凄惨的现象,——

我骑在骡上嚷累叫热,跟着哑巴的骡夫,比手势告诉我他整天的跑路,天还不算顶热,他一路狠快活的不时采一朵野花,折一茎麦穗,笑他古怪的笑,唱他哑巴的歌;我们到了客寓喝冰汽水喘息,他路过一条小涧时,扑下去喝一个贴面饱,同行的有一位说:"真的,他们这样的胡喝,就不会害病,真贱!"

回头上了头等车,坐在皮椅上嚷累叫热,又是一瓶两瓶的冰水,还怪嫌车里不安电扇;同时前面火车头里司机的加煤的,在一百四五十度的高温里笑他们的笑,谈他们的谈……

田里刈麦的农夫拱着棕黑色的裸背在作工,从清早起已经做了八九时的工,热烈的阳光在他们的皮上像在打出火星来似的,但他们却不曾嚷腰酸叫头痛……

我们不敢否认人是万物之灵,我们却能断定人是万物之淫;

什么是现代的文明,只是一个淫的现象;

淫的代价是活力之腐败与人道之丑化;

前面是什么,没有别的,只是一张黑沉沉的大口,在我们运定的道上张开等着,时候到了把我们整个的吞了下去完事!

六月二十日

载北京《晨报副刊》1923 年 6 月 24 日

徐志摩人生感悟

山中来函

剑三,我还活著;但是我至少是一个"出家人"。我住在我们镇上的一个山里,这里有一个新造的祠堂,叫做"三不朽",这名字肉麻得凶,其实只是一个乡贤祠的变名:我就寄宿在这里。你不要见笑徐志摩活著就进了祠堂,而且是三不朽!这地方倒不坏,我现在坐著写字的窗口,正对著山景,烧剩的庙,精光的树,常青的树,石牌坊戏台,怪形的石错落在树木间,山顶上的宝塔,塔顶上徘徊著的"饿老鹰"有时卖弄著他们穿天响的怪叫,累累的坟堆,享亭,白木的与包著芦席的棺材, 都在嫩色的朝阳里浸著。隔壁是祠堂的大厅,供著历代的忠臣孝子清客书生大官富翁棋国手(陈子仙)数学家(李善兰,字壬叔)以及我自己的祖宗,他们为什么"不朽"我始终没有懂;再隔壁是节孝祠,多是些跳井的投河的上吊的吞金的服盐卤的也许吃生鸦片吃火柴头的烈女烈妇以及无数咬紧牙关的"望门寡",抱牌位做亲的,教子成名的,节妇孝妇,都是牺牲了生前的生命来换死后的冷猪头肉,也还不狠靠得住的;再隔壁是东寺,外边墙壁已是半烂殿上神像只剩了泥灰。前窗望出去是一条小河的尽头,一条藤萝满攀著磊石的石桥,一条狭堤,过堤一潭清水,不知

136

是血污还是蓄荷池(土音同),一个鬼客栈(厝所)一片荒场也是墓墟累累的;再望去是硤石镇的房屋了。这里时常过路的是:香客,挑菜担的乡下人,青布包头的妇人,背著黄叶蒌子的童子,戴黑布风帽手提灯笼的和尚,方巾的道士,寄宿在戏台下与我们守望相助的丐翁,牧羊的童子与他的可爱的白山羊,到山上去寻柴,掘树根,或掠干草的,送羹饭与叫姓的(现在眼前就是,真妙,前面一个男子手里拿著一束稻柴口里喊著病人的名字叫他到"屋里来",后面跟著一个著红棉袄绿背心的老妇人,撑著一把雨伞,低声的答应著那男子的叫唤)。晚上只听见各种的声响,塔院里的钟声,林子里的风响,寺角上的铃声,远处小儿啼声,狗吠声,枭鸟的咒诅声,石路上行人的脚步声——点缀这山脚下深夜的沉静,管祠堂人的屋子里,不时还闹鬼,差不多每天有鬼话听!

这是我的寓处。世界,热闹的世界,离我远得狠;北京的灰砂也吹不到我这里来——博生真鄙吝,连一份《晨报》附张都舍不得寄给我;朋友的信息更是杳然了。今天我偶尔高兴,写成了三段"东山小曲",现在寄给你,也许可以补补空白。

我唯一的希望只是一场大雪。

志摩问安 一月二十日

小曲是要打我们土白念或是唱,才有神气。

附:王统照附言

志摩与我的私人通信本不必在旬刊上占篇幅,不过我想这样有文学趣味的也是大家所共同欢喜看的，故此写了山中来函的题目发表出来，只是日子已经不少了，我没在京，所以迟延了几日，还望志摩谅及！

剑三

载北京《晨报·文学旬刊》1924 年 3 月 11 日

我们病了怎么办

    "**在**理想的社会中,我想,"西滢在闲话里说,"医生的进款应当与人们的康健做正比例。他们应当像保险公司一样,保证他们的顾客的健全,一有了病就应当罚金或赔偿的。"在撒牟勃德腊(Samuel Butler)的乌托邦里,生病只当作犯罪看待,疗治的场所是监狱,不是医院,那是留着伺候犯罪人的。真的为什么人们要生病,自己不受用,旁人也麻烦? 我有时看了不知病痛的猫狗们的快乐自在,便不禁回想到我们这造孽的文明的人类。且不说那尾巴不曾蜕化的远祖,就说湘西的苗子,太平洋群岛上的保立尼新人之类,他们所知道所受用的健康与安逸,已不是我们所谓文明人所能梦想。咳,堕落的人们,病痛变了你们的本分,至于健康,那是例外的例外了!

    不妨事,你说,病了有医,有药,怕什么的? 看近代的医学药学够多么飞快的进步? 就北京说吧,顶体面顶费钱的屋子是什么? 医院! 顶体面顶赚钱的职业是什么? 医生! 设备、手术、调理、取费,没一样不是上乘! 病,病怕什么的——只要你有钱,更好你兼有势!

    是的,我们对科学,尤其是对医学的信仰,是无涯涘的;我们对外国人,尤其是对西医的信任,是无边际的。中国大夫其实是太难了,开口是玄学,闭口也还是玄学,什么脾气侵肺,肺气侵肝,肝气侵肾,肾气又回侵脾,有谁,凡是有哀皮西脑筋的,听得惯这一套废话? 冲他们那寸把长乌木镶边的指甲,鸦片烟带牙污的口气,就不能叫你放心,不说信任! 同样穿洋服的大夫们够多漂亮,说话够多有把握,什么病就是什么病,该吃黄丸子的就不该吃黑丸子,这够多甘脆,单冲他们那身上收拾的干净,脸上表情的镇定与威权,病人就觉着爽气得多!"医者意也"是一句古话;但得进了现代的大医院,我们才懂得那话的意思。

多谢那些平均算一秒钟滚进一只金元宝之类的大大王们,他们有了钱没法用就想"留芳",正如做皇帝的想成仙,拿了无数的钱分到苦恼的半开化的民族的国度里,造教堂推广福音来救度他们的灵魂,造医院推广仁术来救度他们的病痛。而且这也不是白来;他们往回收的不是名,就是利,狠多时候是名利双收。为什么不,我有了钱也这么来。

我个人向来也是无条件信仰西洋医学,崇拜外国医院的,但新近接连听着许多话不由我不开始疑问了。我只说疑问,不说停止崇拜,那还远着哪。在北京有的医院别号是"高等台基",有的雅称是某大学分院,这已够新鲜,但还不妨事,医院是医病的机关,只要它这一点能名副其实的做到,你管得它其他附带的作用。但在事实上可巧它们往往是在最主要的功用上使我们失望,那是我们为全社会计,为它们自身名誉计,有时不得不出声来提醒它们一声。我们只说提醒,决不敢用忠告甚至警告责备一类的字样;因为我们怎能不感念他们在这里方便我们的好意?

我们提另来说协和。因为协和,就我所知道的,岂不是在本城的医院中算是资本最雄厚,设备最丰富,人材最济济的一个机关?并且它也是在办事上最认真的一个地方,我们可以相信。它一年所化的钱,一年所医治的人,虽则我不知实在,想来一定是可惊的数目。但我们要看看它的成绩。说来也怪,也许原因是人们的本性是忘恩,也许它的"人缘"特别不佳,凡是请教过协和的病人,就我所知,简直可说是一致,也许多少不一,有怨言。这怨言的性质却不一致,综了说有这几种:

(一)种族界限　这是说看病先看你脸皮是白是黄;凡是外国人,说句公平话,他们所得的待遇就应有尽有,一点也不含糊,但要是不幸你是黄脸的,那就得趁大夫们的高兴了,他们爱怎么样理你就怎么样理你。据说院内雇用的中国人,上自助手下至打扫的,都在说这话——中外国病人的分别大着哪! 原来是,这是有根据的,诺狄克民优胜的谬见一天不打破,我们就得一天忍受这类不平等的待遇。外国医院设在中国的,第一个目的当然是伺候外国人,轮得着你们,已算是好了,谁叫你们自不争气,有病人自己不会医!

(二)势利分别　同是中国人,还有分别;但这分别又是理由极充分的:有钱有势的病人照例得着上等的待遇,普通乃至贫苦的病人只当得病人看。这是人类的通性什么地方什么时候都有表见的,谁来低哆谁就没有幽默,虽则在理论上说至少医院似乎应分是"一视同仁"的。我们听见过进院的产妇放在屋子里没有人顾问,到时候小孩子自己下来了,医生还不到一类的故事!

(三)科学精神　这是说拿病人当试验品,或当标本看。你去看你的眼,一个大夫或是学生来检看了一下出去了,二一个大夫或是学生又来查看了一下出去了,三一个大夫或是学生再来一次,但究竟谁负责看这病,你得绕大弯儿才找得出来,即使你能的话。他们也许是为他们自己看病来了,但狠不像是替病人看病。那也有理,但在这类情形之下,西滢在他的闲话说得趣,付钱的应分是医院,不该是病人!

徐志摩人生感悟

(四)大意疏忽 一般人的逻辑是不准确的,他们往往因为一个医生偶尔的疏忽便断定他所代表的学理与方法是要不得的。很多人从极细小题外的原因推定科学的不成立。这是危险的。就医病说,从新医术跳回党参黄岐,从党参黄岐跳回祝由科符水,从符水到请猪头烧纸,是常见的事,我们忧心文明,期望"进步"的不该奖励这类"开倒车"的趋向。但同时不幸对科学有责任的新派大夫们,偏容易大意,结果是多少误事。查验的疏忽,诊断的错误,手术的马虎,在在是使病人失望的原因。但医病是何等事,一举措间的分别可以交关人命,我们即使大量,也不能忍受无谓的灾殃。

最近一个农业大学学生的死据报载是 (一) 原因于不及时医治,(二)原因于手术时不慎致病菌入血。这类的情形我们如何能不抗议?

再如梁任公先生这次的白丢腰子,几乎是太笑话了。梁先生受手术之前,见着他的知道,精神够多健旺,面色够多光采。协和最能干的大夫替他下了不容疑义的诊断,说割了一个腰子病就去根。腰子割了病没有割。那么病原在牙;再割牙,从一根割起割到七根,病还是没有割。那么病在胃吧;饿瘪了试试——人瘪了,病还是没有瘪,那究竟为什么出血呢? 最后的答话其实是太妙了,说是无原因的出血:Essential Hoematuria。所以闹了半天的发见是既不是肾脏肿疡(Kidney Tarmour)又不是齿牙一类的作祟;原因是无原因的! 我们是完全外行,怎懂得这其中的玄妙,内行错了也只许内行批评,那轮着外行多嘴! 但这是协和的责任心,这是他们的见解,他们的本领手段!

后面附着梁仲策先生的笔记,关于这次医治的始末,尤其是当事人的态度,记述甚详,不少耐人寻味的地方,你们自己看去,我不来多加案语。但一点是分明的,协和当事人免不了诊断疏忽的责备。我们并不完全因为梁先生是梁先生所以特别提出讨论，但这次因为是梁先生在协和已经是特别卖力气，结果尚不免几乎出大乱子，我们对于协和的信仰，至少我个人的，多少不免有修正的必要了。"尽信医则不如无医"，诚哉是言也！但我们却不愿一班人因此而发生出轨的感想：就是对医学乃至科学本身怀疑，那是错了，当事人也许有时没交代，但近代医学是有交代的，我们决不能混为一谈。并且外行终究是外行，难说梁先生这次的经过，在当事人自有一种折服人的说法，我们也不得而知。但假如有理可说的话，我们为协和计，为替梁先生割腰子的大夫计，为社会上一般人对协和乃至西医的态度计，正巧梁先生的医案已经几于尽人皆知，我们即不敢要求，也想望协和当事人能给我们一个相当的解说。让我们外行借此长长见识也是好的！

要不然我们此后岂不个个人都得踌躇着：

我们病了怎么办？

载北京《晨报副刊》1926 年 5 月 29 日

143

吸烟与文化

一

牛津是世界上名声压得倒人的一个学府。牛津的秘密是它的导师制。导师的秘密,按利卡克教授说,是"对准了他的徒弟们抽烟"。真的在牛津或康桥地方要找一个不吸烟的学生是很费事的——先生更不用提。学会抽烟,学会沙发上古怪的坐法,学会半吞半吐的谈话——大学教育就够格儿了。"牛津人","康桥人":还不觳逗吗?我如其有钱办学堂的话,利卡克说,第一件事情我要做的是造一间吸烟室,其次造宿舍,再次造图书室;真要到了有钱没地方化的时候再来造课堂。

二

怪不得有人就会说,原来英国学生就会吃烟,就会懒惰。臭绅士的架子! 臭架子的绅士! 难怪我们这年头背心上刺刺的老不舒服,原来我们中间也来了几个叫土巴菰烟臭薰出来的破绅士!

这年头说话得谨慎些。提起英国就犯嫌疑。贵族主义！帝国主义！走狗！挖个坑埋了他！

实际上事情可不这么简单。侵略，压迫，该咒是一件事，别的事情可不跟着走。至少我们得承认英国，就它本身说，是一个站得住的国家，英国人是有出息的民族。它的是有组织的生活，它的是有活气的文化。我们也得承认牛津或是康桥至少是一个十分可羡慕的学府，它们是英国文化生活的娘胎。多少伟大的政治家，学者，诗人，艺术家，科学家，是这两个学府的产儿——烟味儿给薰出来的。

三

利卡克的话不完全是俏皮话。"抽烟主义"是值得研究的。但吸烟室究竟是怎么一回事？烟斗里如何抽得出文化真髓来？对准了学生抽烟怎样是英国教育的秘密？利卡克先生没有描写牛津康桥生活的真相；他只这么说，他不曾说出一个所以然来。许有人愿意听听的，我想。我也叫名在英国念过两年书，大部分的时间在康桥。但严格的说，我还是不够资格的。我当初并不是像我的朋友温源宁先生似的出了大金镑正式去请教薰烟的：我只是个，比方说，烤小半熟的白薯，离着焦味儿透香还正远哪。但我在康桥的日子可真是享福，深怕这辈子再也得不到那样蜜甜的机会了。我不敢说康桥给了我多少学问或是教会了我什么。我不敢说受了康桥的洗礼，一个人就会变气息，脱凡胎。我敢说的只是——就我个人说，我的眼是康桥教我睁的，我的求知欲是康桥给我拨动的，我的自我的意识是康桥给我胚胎的。我在美国有整两年，在英国也算是整两年。在美国我忙的是上课，听讲，写考卷，啃象皮糖，看电影,赌咒。在康桥我忙的是散步,划船,骑自转车,抽烟,闲谈,吃五点钟茶牛油烤饼,看闲书。如其我到美国的时候是一个不含糊的草包,我离开自由神的时候也还是那原封没有动;但如其我在美国时候不曾通窍,我在康桥的日子至少自己明白了原先只是一肚子颟顸。这分别不能算小。

我早想谈谈康桥,对它我有的是无限的柔情。但我又怕亵渎了它似的始终不曾出口。这年头!只要贵族教育一个无意识的口号就可以把牛顿,达尔文,米尔顿,拜伦,华茨华斯,阿诺尔德,纽门,罗刹蒂,格兰士顿等等所从来的母校一下抹煞。再说年来交通便利了,各式各种日新月异的教育原理教育新制翩翩的从各方向的外洋飞到中华,那还容得厨房老过四百年墙壁上爬满骚胡髭一类藤萝的老书院的一起来上讲坛?

四

但另换一个方向看去,我们也见到少数有见地的人,再也看不过国内高等教育的混沌现象,想跳开了蹂烂的道儿,回头另寻新路走去。向外望去,现成有牛津康桥青藤缭绕的学院招着你微笑;回头望去,五老峰下飞泉声中白鹿洞一类的书院瞅着你惆怅。这浪漫的思乡病跟着现代教育丑化的程度在少数人的心中一天深似一天。这机械性买卖性的教育够腻烦了,我们说。我们也要几间满沿着爬山虎的高雪克屋子来安息□我们的灵性,我们说。我们也要一个绝对闲暇的环境好容我们的心智自由的发展去,我们说。

林玉堂先生在《现代评论》登过一篇文章谈他的教育的理想。新近任叔永先生与他的夫人陈衡哲女士也发表了他们的教育的理想。林先生的意思约莫记得是想仿效牛津一类学府,陈、任两位是要恢复书院制的精神。这两篇文章我认为是很重要的,尤其是陈、任两位的具体提议,但因为开倒车走回头路分明是不合时宜,他们几位的意思并不曾得到期望的回响。想来现在的学者们太忙了,寻饭吃的,做官的,当革命领袖的,谁都不得闲,谁都不愿闲,结果当然没有人来关心什么纯粹教育(不含任何动机的学问)或是人格教育。这是个可憾的现象。

我自己也是深感这浪漫的思乡病的一个;我只要——

"草青人远,

一流冷涧……"

但我们这想望的境界有容我们达到的一天吗?

民十五年一月十四日

载北京《晨报副刊》1926 年 1 月 14 日

147

徐志摩人生感悟

法郎士先生的牙慧

不，至少今晚我不能讲法郎士。我的脾气太坏，一动笔就有跑野马的倾向，何况是法郎士，这老头太逗人。今晚一来没有时候，二来没有劲，要不为做编辑没办法，这大冷的风夜，谁愿意拿笔写？躺平在床上抽着烟做"白日梦"不好吗？这一时竟没有好的来稿。许是天下不太平的缘故。前几天我急了，只好捞出一些巴黎的糟糟来凑和凑和。结果倒像居然有人看的样子。不但有人看，还有人要我再往下写。难怪，这年头就是巴黎合脾胃。可是要写也得脑子里有东西；我再有本事也不能完全凭空造不是？并且我怕——我怕我写巴黎容易偏着一面——你们明白是那一面——结果给你们一个太近兴奋一类的印象。巴黎的生活决不是偏重那一面的，它的好处就在不偏：如其你看来巴黎性欲的色彩太浓，那只是你从来的地方太淡的缘故。如其你看来巴黎人太会作乐，那只是你一向太不懂得作乐的缘故。如其你以为巴黎太自由，那只是你自己身上绑着的绳子太多的缘故。巴黎人的生活自有他的和谐，他的一致；他才淘着了酒杯底里的樱桃！

巴黎真是值得知道的。凭你在生活的头上加什么形容词——精神的，享乐的，美术的，肉欲的，书虫的——巴黎都有可以当场出彩或是现成做得的最完美的活标本给你看。巴黎：本能不是羞耻，人性不露丑恶，可是够了，我得带住，趁早检一点法郎士的牙慧敷衍了今晚的稿子再说，巴黎留着还怕没有时候讲？因为法郎士就是巴黎文化的结晶，透明的，闪光的，多姿态的。

著作家不定是会说话的。实际上好多大作者就像是猫，除了恋爱与发怒的时候轻易不开口的。法郎士是一只老麻雀。他一天叽叽喳喳停嘴的空儿狠少；每天去看他的人几乎是不断的，他照例心里愈烦嘴里讲得愈起劲换衣服也不停嘴，除了刷着牙真没法想。我现在旁边的一本书就是他的秘书记下的他每天不经意的谈话——"Anatole France Himself：A Boswellian Record，by his Secretary Jean Jacques Brousson：English translation by John Pollock"。

从前听说皇帝的左手有一个秘书，他是专记皇上说的话的；但我们在帝王的本纪里却不易寻出一句有活人气息的话来。戴平天冠坐龙床的姑且不说，就是我们的大文学家也极少给我们一个日常谈笑的人格的记认。我们接近他们的方法，除了他们的诗文，就只他们的信札与日记，但有几个作者不在他们的信札里不撑出他的"臭绅士的架子"来；有几个写日记的不打算将来公开的？这是一件大大的憾事。假如我们也曾经鲍士惠尔这样一个人，有他那样一个发明文学上的全身摄影术的天才——我们的文学史就不会这样的枯燥，寂寞，没有活人气息。成文章的文章我们固然不能少，但有趣味人不经意的谈吐我们也得想法留下影子；绅士的臭架子或是臭绅士的架子许也有我们应得容忍他们存在的理由，但我们当然有权利盼望更亲切的更直接的认识一时代少数的天才——一个法子是保存他们日常谈话的姿态与内容。

现在阿那托尔·法郎士先生出场了。

一、暖　帽

玖塞芬(法郎士的女用人)拿出一篓子奇形怪状的软帽来。这位大人物接了过来，拿起一顶顶帽子来放在拳头上撑绽了，安在头去，对着一架威尼市式的衣镜照一照，都像是不大合式，踌躇了。有他踌躇的道理：那一篓子的花样实在不少。有绸子做的，有丝绒做的，有浴安布做的。有大的，戴在脑壳上直下来遮住耳朵，像罗马教皇戴的。有糖宝塔形的许多，像是土耳其人的毡帽。小精致的也不少，像是罗马教堂里唱诗小孩子头上顶着的那种大红饼形的礼帽。末了他选定了一顶红葡萄色浴安布做的。篓子里还有不少中国帽，有缨须的，像宝塔似的。

"成了，"他说，"现在我们做事情了。谁来我都不在家。"

话还没说完，一大串的客人就跟着进来了。

二、创作的接吻

在(赛因)河边一个旧书铺子里他淘着了一本塞公德著的《接吻》。这是铁扫脱的本子，书面上一行小注打开了他的话匣子，那一行是"并附铁扫脱的几个创作的接吻"。

"吹什么牛！世界上那有这样一个傻子会得相信在那个跳冬冬的圈子里还有什么创作不创作！在创世的第一天，在伊藤园里塞公德与铁扫脱自以为懂得的，要不了三两个钟头亚当和夏娃早就全会了。再说呢，我反正不相信这班专利接吻的卖主。他们那嘴里满是腊丁什么，希腊什么，真要是他们从说理转到实习的时候，他们那美人儿的脸上少不了叫他们留上几个墨水的小圆圆。可是他们转不转？那是问题。写恋术的作者们在实际生活里往往是脚跟凉冷冷的。他们的媚术无非是墨水瓶子的变化。"

……

他又说：

"你爱不爱亲近女人？我就要那个。此外我什么都可以让给你：年纪，美，名誉。爵夫人行，乡下姑娘也成——那都只是名称上的区别！我就佩服我们最伟大的色鬼国王的主张：'管她是谁！'路易十五对他的跟班叫来陪尔的说：'可是你得先送她到澡盆里去，再送她到牙医生那里去了再带来。'

"那位国王是一个大人物。随你怎么批评他，我们该得叫他一声'乖乖'。澡盆子和牙医！那就够合式了。澡盆就是卫生，那是恋爱唯一的道德律。这身体你要抱的话总得有相当准备，我相信你不是吃长素修行一类的人，见了女性顶多就到脸上去一啄，倒像是欣赏什么古董或是圣器似的。至于我呀，我要的是维纳丝整个的美。脸子！脸子是为亲戚朋友们丈夫儿女们预备的。为了家常应用的结果它变成了发硬性的。那软劲儿会变没，皮面会变木的。情人们有的是更创作性的权利；他们有，比方说，到手初版书的权利。现在我才明白什么学问都是空的。念书有什么用，一辈子多短还得在傻瓜堆里混着，求什么知识，多压得死人的事情！短短的路程带这么多的行李干什么了？人家夸奖我的学问，我再也不要别的什么学问，除了在爱的范围里。爱是我现在唯一的特定的研究。剩下有限几点热情的火星，我就全化在那一件事情上。要是我能把那小爱神灵感我的整个的写了出来！阴沉沉的假撇清(假贞节)盖住我们的文学，这假撇清要比中古世纪宗教审判更来得笨，更残，更犯罪。就我现在说，一个女人是一本书。记住，我对你说过世界上没有坏的书。只要你有耐心翻着书篇找去，你不愁不找到一段文章足值得你麻烦的。我还是找，朋友，我顶用心的找。"

说着话他黏湿了他的指头，悬空热呼呼的情艳艳的翻动着一本想像中的书本的叶子。他又接着说，眼睛里亮着少年人的光：

"每回遇有福气抱住一个上帝的生灵，我就用心研究这本杰作，一行一行的念。一句一读我都不让漏。有时候我连眼镜子都吊在书本子上的！"

三、"写别字"

在所有人身的缺陷中，在他眼里最不可饶恕的是人事的无能。对于变态的性欲他倒是够宽容的，他把它们好玩的叫作"写别字"。

"有许多男人逢着该用阴性的地方错写成阳性。也有许多女人在该写阳性的地方误用阴性。在这多愁的地面上各个人各按各的本领寻自己的生路！至于我呢，我就跟着阿戴理说她对那不识趣的岳喜说的话：'我有我的上帝，他是我待奉的；你去伺候你的。他们俩一样是强有力的神道。'"

……什么异端的主张法郎士都可以容许，他顶厌恶的是"贞节"。

"就没有贞节的人。就有假人。有病人。有怪人。有疯人。这年头你要是说一个女人是贞节的，大家就笑你！你拿她说成了一个笑话是真的。阿，贞节的露克来西亚！阿，贞节的苏三！阿，达阿娜贞女！有一个神父在某处说起寡妇们'苦难'的贞节。这就是说，你看，她们一定得对着她们曾经尝味过的乐趣的记忆搏斗。但是有谁拦着她们不再回复她们先前的乐趣？就为是一个女人的丈夫死了，她的心也死了不成？他不再吃饭了，所以她也得挨饿难道说！这倒仿佛是马拉排的寡妇。实情是没有性欲就没有性灵：没有灵魂。我们愈是情热，我们愈是能干。一个人一生最快活的日子是欲望与快乐的时期，聪明人就想方法来延长它。一个老头发生了恋爱，人家就笑！再有没有更惨更蠢的事情？至于我呢，我仿效笛卡儿的方式，我说：'我爱，所以我在着。我再不爱了，所以我没有命了。'"

手指冻得直僵的一个半夜

载北京《晨报副刊》1925 年 12 月 30 日

徐志摩人生感悟